변성

邊城

Copyright ⓒ 2005, Shen Cong Wen
Korean translation copyright ⓒ 2009 by Taurus Books
Korean translation rights arranged through Imprima Korea Agency

이 책의 한국어판 저작권은 Imprima Korea Agency를 통해
Jiangsu Education Publishing House와의 독점계약으로 황소자리에 있습니다.
저작권법에 의해 한국 내에서 보호를 받는 저작물이므로
무단전재와 무단복제를 금합니다.

변신

심종문

정재서 옮김

황소자리

| 일러두기 |

- 이 책의 한국어판 번역에 사용된 중국어 판본은 중국 강소교육출판사에서 발행한 《邊城集》(2005)이다.
- 원본에는 심종문이 쓴 여러 판본의 《변성》 머리말과 단편 및 산문들이 함께 수록돼 있으나 유족과의 협의를 거쳐 한 편의 머리말과 소설 《변성》만을 한국어 번역판에 실었다.
- 본문 속 중국어 지명 및 인명은 한자음대로 표기했다. 단 인명의 경우, 한글 맞춤법 표기원칙에 따른 중국어 발음을 각주에 표기했다.
  예) 취취翠翠 : 추이추이[Cuìcuì[중국어]
- 일반 독자의 이해를 돕기 위해 필요하다고 판단될 경우, 주석을 달았다.

| 역자 서문 |

  1970년대부터 중국 국내외에서 일기 시작한 심종문沈從文 붐은 갈수록 그 열기를 더해 가더니 1988년 마침내 그의 이름이 노벨문학상 최종심 후보 명단에까지 올랐다. 이른바 '심종문 현상'은 이에 그치지 않는다. 최근 홍콩의 저명한 시사주간지 〈아주주간亞洲週刊〉은 정평 있는 중국문학 전문가 14인이 선정한 '20세기 중국소설 100강強'을 발표하였는데 심종문의 《변성邊城》이 중국 현대문학의 아버지 노신魯迅의 《납함吶喊》에 이어 2위에 오름으로써 불멸의 고전으로서의 지위를 확인받게 되었다.

  현재 중국이 민족적 자존심을 회복해가는 도상에 있으므로 향후 《변성》은 더욱 사랑을 받으리라고 생각한다. 왜냐하면 노신의 《아큐정전》이 국난의 시기에 중국 민족의 결함을 반성적으로 보여주어 호평을 받았다면 심종문은 비슷한 시기에 《변성》을 통해 중국 민족 고유의 이상적 모습을 제시했기 때문이다. 따라서 감히 단언하건대 우리가 《변성》을 읽지 않는다면 중국 현대 문학의 아주 중요한 측면을 외면하는 것이나 마찬가지라고 볼 수 있다.

번역의 과정은 길고 험난했으며 끈질긴 인내심을 요했다. 우선 《변성》이라는 제목의 번역부터 쉽지 않았다. '변경의 마을' '시골 소읍' 등 여러 가지를 생각해보았으나 도저히 《변성》의 함축된 의미를 포괄하기 어렵다 판단되어 원래의 제목을 그대로 살리기로 하였다. 인명, 지명 등 고유명사의 발음 표기는 통례대로 현대 중국어 발음을 달 계획이었으나 작품의 우미한 분위기와 고유의 어감 등을 고려하여 우리의 전통 한자 발음으로 모두 바꿨다.

《변성》의 문장은 미려하고 유연하기로 정평이 나 있다. 하지만 묘족 출신인 심종문 특유의 주변문화 의식이 반영되어 향토색 짙은 민속과 관련된 어휘, 방언, 속어 등이 많고 심지어 비의적秘儀的이기까지 해서 상당한 공력을 들이지 않으면 안 되었다. 《변성》 문장의 이러한 특성은 들뢰즈가 유대계 작가 카프카를 두고 논한 이른바 '소수집단'의 문학적 특성을 떠올리게 했다. 모든 번역은 직역을 바탕으로 한 의역, 다시 말해 어떤 경우에도 직역의 결을 확인할 수 있는 의역이라는 평소의 원칙에 입각하였다. 그러나 우선 읽고 이해하기 편하도록 과감한 의역을 시도한 부분도 더러 있다.

워낙 뛰어난 작품이기에 번역과 주석에 신경을 많이 쓴 것은 사실이지만 어느 구석에서 오역이 발견될지 예측하기 어렵다. 앞으로도 기회가 닿는 대로 계속 보완해나갈 것이지만 눈 밝은 독자분들의 애정 어린 질정叱正을 고대한다.

번역 과정에서 주위의 많은 분들께 허다한 민폐를 끼쳤음은 물론이다. 이제 그분들께 감사의 말씀을 드려야 하겠다.

먼저 해석상의 많은 문제들을 해결하는 데에 적극적으로 도움을 주신 전 이화여대 통역대학원 최려홍 교수께 깊은 고마움의 뜻을 전하고 싶다. 그리고 이화여대 중문과의 홍석표 교수께도 감사의 뜻을 표하고자 한다. 홍 교수는 역자에게 격려와 아울러 중국 현대문학에 대한 유익한 조언을 해주었다. 장구한 세월 동안 그야말로 경인적驚人的인 인내심으로 완역의 날을 기다려준 황소자리 지평님 사장 이하 편집부 식구들에게는 실로 죄송스럽기 그지없다. 상업적 발상이지만 모쪼록 책이 잘되기만을(?) 바랄 뿐이다.

마지막으로 이 훌륭한 책을 번역할 기회를 갖게 된 스스로의 행운에 대해 감사한다. 그리고 독자분들이 이 책을 읽는 내내 행복해 하시길 진심으로 기원하며 길어진 서문을 마치고자 한다.

2009년 초봄 큰 고개 연구실에서

역자 정재서 삼가 씀

| 책머리에 |

나의 모든 작품엔 농민과 군인에 대한, 형언하기 어려운 따뜻한 사랑의 감정이 배어 있다. 나는 이러한 감정을 숨기거나 감추려 하지 않는다. 나는 내 작품 속에 묘사된 것처럼 자그마한 고장에서 태어나고 자랐다. 할아버지, 아버지 그리고 형제들 모두가 군에 적을 두었었고 또 두고 있다. 이미 죽은 이들은 순직하지 않은 이가 없고 죽지 않은 이라 할지라도 그 일에서 생을 마감할 것이다. 그들의 사랑과 미움, 슬픔과 즐거움은 내가 잘 알고 있는 세상의 한 부분으로 그것들을 써내는 데 있어서는 내 글솜씨가 서툴지언정 터무니없지는 않을 것이다. 왜냐하면 그들은 지극히 정직하고 성실하며, 그들의 삶은 지극히 위대하거나 지극히 평범한 면을 지니고 있고, 그들의 성품은 아주 아름답거나 아주 일상

적이기 때문이다. 나는 그들을 보다 인간적이고 인정 넘치는 사람들로 그려내기 위하여 본 모습 그대로 자연스레 써내려가는 수밖에 없다. 그러다 보면 이 작품은 무익한 것이 되어버릴지도 모른다.

지금의 풍조대로라면 이런 유형의 작품은 자칫 문학이론가, 비평가 및 대다수 독자들의 불쾌감을 자아낼 수 있다. 전자는 "시대에 뒤떨어진다" 하면서 중국은 이러한 작품이 필요 없다고 말할 것이며 후자는 "시대에 뒤떨어질까 우려되어" 이런 작품을 읽으려 하지 않을 것이다. 이것이 현실이다. 그렇다면 "시대에 뒤떨어진다"는 것은 과연 어떤 의미일까? 조금이라도 이성적인 사람이라면 아마 영원히 이해할 수 없는 문제일 것이다. 그러나 일반인 대다수 중 어느 누가 "시대에 뒤떨어지는 것"을 두려워하지 않겠는가? 나는 이렇게 말하고 싶다. "이 책은 이러한 대다수 사람들을 위해 쓴 것이 아니라"고. 문학이론이나 문학비평에 관한 서양 책 몇 권을 읽었거나 고전이나 근대의 세계명작을 많이 본 사람들의 생활 경험은 '박식'이라는 테두리에서 벗어나 중국 땅 어딘가에서 또 다른 일들이 벌어지고 있다는 사실을 알게끔 허용하지 않는다. 때문에 이 작품이 혹여 특정 문학이론과 맥락을 같이 한다며 비평가들이 이러저러한 찬사를 보내준다 할지라도 이러한 찬사 역시 저자에 대한 모욕이라고 생각한다. 그들이 이 민족의 참된 사랑과 증오, 슬픔과 기쁨을 알려고 하지 않는 이상 이 작품의 장단점에 대해 이야기할 수 없는 것이다. 이 작품은 처음부터 그들을 위해 씌어진 것이 아니다. 일부 문학 예술을 사랑하는 이들로 말하면, 그들은 대학생 혹은 중·고생들로 인구가 비교적 밀집된 도시에 살면서 성실하게 소중한 시간들을 내어 최근 국내에서 출판되는 문학서적들을 찾아 읽는다. 하지만 그들은 이미 일부 이론가, 비평가, 영악한 출판상 및 거짓말과 유언비어를 날조하는 데 이골이 난 문단의 소식통들이 손을 맞잡고 만들어낸 풍조에 통제되고 지배되어, 나의 작품이 보여주는 세상과는 너무나도 동떨어진 세상에 살고 있다. 그들은 이러한 작품을 원치 않으며 이 책 또한 그들을 얻고자 하지 않는다. 이론가들은 여러 나라 출판물 중에 참고할 만한 문학이론이 있기에 할 말이 없어질까봐 걱정하는 일 따위는 없을 것이다. 비평가들은 자신과 하등의 이해관계도 없는 작가와 작품들이 있어서 평생 동안 헐뜯거나 칭찬하기에 부족함이 없을 것이며, 대다수 독자 역시 취미와 신앙 여하를 떠나 읽을 책들은 어디에든 널려 있다. 바로 그런 독자들의 관심을 얻기 위해 수많은 작가들이 팽이처럼 주위에서 뱅뱅 돌고 있다고 하지 않는가? 이 책의 출판이 혹 대다수 독자를 이끌어가는 이론가, 비평가들에게 버림받지 않는다 해도, 그리고 그런 독자들에게 완전히 버려지지는 않는다 해도 이 책의 저자는 일찌감치 의도적으로 그들 '대다수'를 포기했다.

  이 책은 "이미 학교를 떠났거나 혹은 아예 학교 근처에 가보지도 못했지만 중국의 글은 다소 알고 있고, 문학이론이나 문학비평 그리고 거짓말과 유언비어들이 미치지 못하는 일에 종사하거나 그런 사회에 살면서, 민족 전체의 시공時空 속에 존재하는 모든 장단점에 대해 깊은 관심을 가지고 있는" 사람들에게 보여주려는 것이다. 그들은 진정 지금의 농촌이 어떤지 알고 있으며 지난날의 농촌이 어떤지 알고 싶어한다. 그들은 필시 이 책을 통해 세상의 한 귀퉁이에 존재하는 어느 한 시골마을과 그곳에 사는 군인들에 대해 알고 싶어할 것이다. 내가 써낸 세상은 그들에게 생소할 수 있다. 하지만 너그러운 본성과 책에서 위로받고 지식을 얻으려는 열정을 지닌 그들은 이 책을 차분하게 잘 읽어내려 갈 것이다. 나는 여기에 그치지 않고 그들에게 비교할 수 있는 기회도 마련해줄 것이다. 이를 위해 다른 한 작품에서 20년 간의 내전으로 어느 누구보다 먼저 희생되어야 했던 농민들, 그들의 성격과 영혼이 엄청난 충격 속에서 어떻게 본래의 질박하고 근검하며 평화롭고 정직하던 모습을 상실하고 정체불명의 또 다른 생명체가 되어버렸는지를 보여줄 것이다. 가렴주구와 아편의 폐해로 인해 가난과 게으름의 천길 나락으로 추락하게 된 그들의 인생을! 나는 이 민족이 역사라는 거대한 운명의 수레바퀴에 짓밟힐

때, 그 변동의 와중에서 하루하루 "어떻게 살아야 하는가?"를 고민했던 개인들의 사소한 욕망과 관념에 대해 소박하게 서술할 것이다. 나의 독자들은 마땅히 이성적일 것이다. 그리고 그 이성은 중국 현대사회의 변동에 대해 관심을 갖고, 우리 민족의 위대한 과거와 타락한 현실을 인식하며, 묵묵히 자신의 위치에서 민족부흥의 대업을 위해 몸바쳐 일하고 있는 그들의 삶으로부터 나온 것이다. 이 작품은 어쩌면 그들에게 그저 옛 것에 대한 애틋함이나 쓴웃음 혹은 악몽을 불러올 수도 있다. 하지만 동시에 그들에게 삶의 용기와 자신감을 불어넣어 줄 수 있을지도 모른다.

1934년 4월 24일

1

 사천四川에서 호남湖南으로 가는 길에 관가에서 닦은 도로 하나가 동쪽으로 나 있다. 이 길을 따라 가노라면 호남 서쪽 경계 부근에 다동茶峒이라 불리는 작은 산성이 나타난다. 거기에 작은 강이 하나 흘러 지나가는데 강가에는 작은 흰 탑이 세워져 있고 그 탑 밑으로 외딴 인가가 한 채 보인다. 이 집에 한 노인과 여자애 그리고 누렁 개 한 마리가 함께 살아가고 있었다.

 작은 강은 산을 감돌아 3리쯤 흘러서 다동의 큰 강과 합류한다. 그렇지만 작은 강을 건너고 작은 산을 하나 넘으면 1리만 가도 다동 성 주변에 이를 수 있다. 강은 활등처럼 휘었고 산길은 활시위같이 곧아서 거리상으로 좀 차이가 있기 때문이다. 강은 폭이 20장丈[약 60미터]*가량 되고 바닥엔 큼직한 바위들이 깔려 있다. 강물은 삿대를 세워넣어도 닿지 않을 정도로 깊다. 그러나 맑고 고요하여 물 속에서 헤엄치는 물고기들을 헤아릴 수 있을 정도이다. 이곳은 사천과 호남 사이를 오가는 데 꼭 지나야 할 곳이다. 강물은 자주 불어 넘치거나 줄거나 하지만 재정 형편이 넉넉하지 못하여 다리를 놓지는 못하고 뱃머리가 네모난 나룻배 한 척만 강가에 두었다. 나룻배는 사람과 말을 합쳐 한 번에 20명 정도를 실어나를 수 있는데 건너는 사람들이 많을 경우 여러 번 오고 가야만 했다. 뱃머리에 세워진 대나무에는 쇠고리 하나가 매달려 흔들거리고 양쪽 기슭 사이 수면 위로 대나무를 비비 꼬아서 만든 굵은 밧줄이 가로 띄워져 있다. 강을 건널 때면 쇠고리를 밧줄에 걸고 사공이 그 밧줄을 잡아당기면서 천천히 맞은편 기슭으로 배를 끌고 간다. 강가에 거의 닿을 무렵이면 사공은 "좀 천천히, 좀 천천히." 하고 소리지르며 먼저 둔덕으로 훌쩍 뛰어오른 후 손으로 쇠고리를 힘껏 잡아당긴다. 그러면 사람도 물건도, 또 소나 말도 전부 둔덕에 올라선다. 그리고 사람들은 작은 산을 넘어 어디론가 사라진다. 나루는 관가 소유다. 그래서 나룻배로 강을 건너는 사람들은 삯전을 내지 않아도 된다. 어떤 이들은 미안해서 엽전 한 움큼을 뱃전에 놓고 간다. 그럴 때면 사공은 그것들

• 장丈 : 길이의 단위. 1장은 3.33미터.

을 하나하나 주워 그 사람 손에 도로 쥐어주며 짐짓 다투기라도 하듯 정색하고 말한다.

"난 관가에서 식량을 타먹는 사람이오. 쌀 서 말에 돈 700전이면 살 만하단 말이오. 이런 건 안 받아도 되오!"

그러나 안 될 일이다. 무슨 일에서든 사람들은 마음이 편하고 사리에 맞길 바란다. 남을 수고시키고 그만큼의 보수를 주지 않으면 마음이 불편해진다. 그래서 늘 어떻게든 돈을 놓고 가는 이들이 있다. 사공은 사양하다 못해 어쩔 수 없을 때에는 제 마음도 편해지고자 사람을 시켜 그 돈으로 다동에서 차잎과 잎담배를 사오게 한다. 그러고는 다동산茶 좋은 잎담배를 허리춤에 주렁주렁 달고 있다가 원하는 손님이 있으면 시원스레 내준다. 때로 먼 데서 온 손님이 잎담배에 눈독을 들이는 것 같으면 그것을 한 다발 손님의 보자기에 찔러 넣어준다. 그러면서 "이걸 피워보지 않겠소? 좋은 것이외다. 맛도 좋고 다른 사람에게 선물해도 좋고!" 이렇게 말한다.

찻잎은 6월에 큰 옹기에 담고 뜨거운 물을 부어 우려낸 후 행인들의 목을 축이게 한다.

이 사공이 탑 밑에 사는 바로 그 노인이다. 지금 나이 일흔으로 스무 살 때부터 이 강가를 지켜왔으니 50년 간 배로 얼마나 많은 손님을 건네주었는지 헤아릴 수 없다. 이젠 나이가 많아서 쉬어야 할 때지만 하늘이 그것을 허락하지 않으니 언제까지라도 이 생활을 그만두지 않을 태세다. 그는 자신이 하는 일이 스스로에게 어떤 의미가 있는지를 전혀 생각해본 적이 없다. 그냥 말없이 그 자리에서 하루하루 충실히 살아가고 있을 뿐이다. 그에게는 하늘을 대신해서 해가 뜰 때면 살아갈 힘을 주고 해가 질 때면 지는 해와 함께 죽어야겠다는 생각을 하지 못하게 하는, 한 사람이 있다. 바로 곁에서 그와 함께 살아가는 계집애이다. 나룻배와 누렁이는 노인의 벗이고 계집애는 그의 유일한 가족이다.

계집애의 어미는 늙은 사공의 무남독녀였다. 그녀는 15년 전, 충직한 아빠 몰래 다동에 주둔하고 있던 한 군인과 깊은 관계를 가졌다. 후에 여인의 뱃속에 아이가 생기자 군인은 그녀와 함께 강 하류 쪽으로 멀리 떠나버리려고 하였다. 그러나 그렇게 도망가는 일은, 군인에게는 군인의 사명을 버려야 하는 일이었고 그녀에게는 홀아버지를 두고 떠나야만 하는 아픔이었다. 군인은 한참 고민했지만 그녀에겐 멀리 떠날 용기가 없고 자신은 군인의 명예를 짓밟을 수 없는 처지라는 사실을 깨달을 뿐이었다. 결국 그는 그녀와 함께 사는 것은 불가능하지만, 함께 죽는 것은 아무도 못 막으리라 생각하며 먼저 독약을 삼키고 말았다. 하지만 그녀는 뱃속의 핏덩어리를 차마 어쩔 수 없어 그 길을 따르지 못했다. 그 즈음 그녀의 아비는 이 모든 사연을 다 알면서도 심한 말한 마디하지 않았다. 그리고 아무것도 못 들은 양 여느 때와 마찬가지로 조용히 하루하루를 보냈다. 그러는 아버지가 안쓰럽고 또 자신이 한없이 부끄러웠지만 그녀는 소리 없이 아버지 옆을 지켰다. 그러다 뱃속의 아이가 태어나자 곧바로 강가로 나가 차디찬 물에 몸을 던져 죽고 말았다. 기적과도 같이 그녀가 남기고 간 어린 생명은 잘 자라나 눈 깜빡할 사이에 열세 살이 되었다. 그들이 살고 있는 이곳 양쪽 산에는 대나무가 빼곡하게 자라 그 짙푸른 빛깔이 사람들의 눈을 시리게 하였다. 사공 노인은 가까운 자연의 이런 모습에서 뜻을 빌어 그 불쌍하고 외로운 아이에게 취취翠翠*라는 이름을 붙여주었다.

바람과 햇빛 속에서 취취는 커갔다. 볕에 그을은 피부는 가무잡잡하고 푸른 산과 푸른 물만을 보아온 두 눈은 수정처럼 맑았다. 자연이 길러내고 가르쳤는지라 그녀는 순진하고 발랄하며 작고 귀여운 들짐승같았다. 마냥 착하기만 해서 산마루에 서 있는 아기 사슴처럼 세상 잔인한 일들은 생각조차 해본 적 없고, 근심을 해본 적도, 화를 내본 적도 없었다. 종종 나룻배에서 낯선 사람이 자기를 바라보기라도 할 양이면 맑은 눈망울로 그를 빤히 쳐다보다 금방이라도 깊은 산 속으로 도망갈 듯한 자세를 취하곤

● **취취翠翠** : 추이추이Cuicui[중국어]. '취翠'는 비취색, 청록색.

했다. 그러다 손님에게 별다른 나쁜 마음이 없다는 걸 알고 나면 다시 태연히 물가에서 장난치며 놀았다.

사공 노인은 좋은 날이든 궂은 날이든 뱃머리에서 살았다. 손님이 강을 건널 때면 허리를 구부정하게 굽히고 두 손으로 밧줄을 당겨가며 배를 끌어 강을 가로질렀다. 때로 노곤해지면 노인은 강가의 큰 바위 위에서 잠들기도 했다. 그런 날 건너편에서 강을 건너려는 사람이 소리를 지르면 취취는 할아버지를 깨우지 않고 자기가 배에 뛰어올라 할아버지 대신 날랜 솜씨로 손님을 건네주곤 했다. 모든 일이 손에 익어 그르칠 염려는 없었다. 때로는 누렁이와 함께 배에 올라 할아버지를 거들어 줄을 당기기도 했다. 배가 기슭에 거의 닿아 할아버지가 손님들에게 "좀 천천히, 좀 천천히." 하고 말할 때면 누렁이는 밧줄을 입에 문 채 맨 먼저 둔덕으로 껑충 뛰어올라 마치 자기가 해야 할 일이 무언지 잘 알고 있다는 듯, 밧줄을 꽉 물고 배를 끌어 강가에 댔다.

화창한 날, 강을 건너는 사람도 없고 종일 한가할 때면 할아버지는 취취와 함께 문앞에 있는 큰 바위에 앉아 햇볕을 쬐거나 높은 데서 강물로 나무막대를 던져 곁에 있는 누렁이를 부추겨 물어오게 하곤 했다. 취취와 누렁이는 종종 귀를 쫑긋하고 할아버지로부터 여러 해 전 산성에서 벌어진 전쟁 이야기를 듣기도 했다. 할아버지와 취취는 각자 대나무로 피리를 만들어 입에 대고 이 고장 사람들이 결혼식 때 부르는 곡을 불기도 했다. 그러다 강을 건너는 사람이 오면 사공 노인은 피리를 놓고 혼자 나룻배 쪽으로 가서 손님을 건네주었다. 바위 위에 남겨진 손녀는 떠나가는 배를 보며 "할아버지, 할아버지, 제 피리 소리 잘 들으세요. 그리고 노래 부르세요!" 하고 외쳤다.

그러면 할아버지는 강 한가운데에서 신나게 노래를 불렀다. 거친 목소리와 피리 소리가 한데 어우러져 고요한 산 공기를 가르면 강 한가운데가 한결 들끓는 기분이 되었다(그러나 실은 오가는 노랫소리와 피리 소리가 오히려 주위 모든 것을 더 고요하게 한다).

때로는 사천 동쪽에서 다동을 지나는 송아지, 양떼, 혹은 시집가는 새색시의 꽃가마가 강을 건너기도 했다. 그럴 때면 취취는 자기가 굳이 사공이 되어 뱃머리에 서서 느긋하게 밧줄을 당기며 천천히 배를 움직여갔다. 그리고 그 소나 양, 꽃가마가 둔덕에 오르면 뒤를 쫓아갔다. 나지막한 산마루까지 따라가서는 그것들이 멀어져가는 모습을 한동안 서서 바라보다가 내려와 배를 돌려 집 쪽의 강가로 돌아오곤 했다. 그러고는 혼자서 아기 양 우는 소리, 어미 소 우는 소리를 흉내냈다. 들꽃을 한 묶음 따서 머리에 얹고 새색시 흉내를 내기도 했다.

다동 산성은 나룻터에서 1리 가량 떨어져 있었다. 기름이나 소금을 사야 하는데 설 명절에 할아버지가 약주를 한 잔 하셔서 못

가시게 되면 취취와 누렁이가 성으로 물건을 사러 갔다. 잡화점에 가보면 굵직한 당면이나 큰 단지에 가득 든 설탕, 폭죽이며 붉은 양초들이 취취에게 깊은 인상을 남겼다. 할아버지 곁으로 돌아오면 그녀는 언제나 자기가 본 것을 한나절씩 종알거리며 늘어놓았다. 그곳 강가에는 상류로 올라가는 큰 배들이 많아 100명도 넘는 뱃사람들이 바삐 물건을 부렸다. 이곳 나룻배보다 엄청나게 큰 그 배들은 신기하고 재미있는 것투성이였다. 취취는 그 광경을 쉽게 잊을 수 없었다.

2

 다동에는 앞으로는 강을 끼고 뒤로는 산을 타고 쌓은 성이 있다. 산에 닿은 성벽은 마치 긴 뱀처럼 구불구불 능선을 타고 뻗어 있다. 강 쪽으로는 성 바깥 강가의 빈 땅에 부두를 만들어 작은 돛배들이 정박할 수 있게 하였다. 하류로 내려가는 배들은 오동기름이나 청해靑海 소금* 그리고 염색에 쓰이는 오배자五倍子* 따위를 싣고 다니고 상류로 올라가는 배들은 면화, 솜실, 포목, 잡화, 해산물 등을 싣고 다닌다. 강가로 여러 부두를 연결하는 거리

- 청해靑海 소금 : 원문에는 '청염靑鹽'으로 되어 있다. '청염'은 '호염湖鹽' 혹은 '지염池鹽'이라고도 하며 청해성靑海省의 짠물 호수에서 채취한 소금을 말한다. 《중한대사전中韓大辭典》에서 '청염'을 '청도산靑島産 소금'이라고 풀이한 것은 오류이다.
- 오배자五倍子 : 진딧물과의 벌레가 붉나무 즉 오배자나무의 잎에 기생하여 만든 벌레 혹. 약재로 쓰이며 염색약이나 잉크 등의 원료가 된다.

가 만들어져 있는데 이곳 사람들의 집은 반은 땅 위에, 반은 물 위에 떠 있는 형태였다. 땅이 비좁은 터라 집집마다 받침대를 괴어 다락방 같은 것들을 만들어 얹었다. 봄물이 불어 거리로 밀려들면 주인들은 긴 사다리를 한쪽 끝은 지붕 위에, 다른 한쪽 끝은 성벽 위에 걸쳐 놓은 뒤 시끄럽게 떠들어대며 봇짐이며 이부자리, 쌀 항아리 같은 것들을 손에 들고 사다리를 통해 성 안으로 들어갔다. 그러다가 물이 빠지면 성문을 통해 다시 성 밖으로 나왔다. 물이 너무 사납게 덮쳐드는 해에는 영락없이 강가의 다락집 몇 채가 물에 밀려 떠내려갔다. 그럴 때 사람들은 모두 성 위에 올라서서 멍하니 바라볼 뿐이었다. 큰 손해를 입은 사람들도 그것에 대해 할 말을 잊은 채 그냥 남들처럼 멍하니 지켜볼 따름이었다. 자연이 몰고오는, 속수무책의 불행을 목도할 때처럼. 물난리가 나면 사람들은 성 위에서 갑자기 넓어진 수면을 바라보았다. 기세 좋게 물은 흐르고 계곡물을 따라 부서진 집채, 소, 양, 굵직한 나무 같은 것들이 상류에서 둥둥 떠내려왔다. 그런 경우 물살이 느려지는 세관 거룻배 앞에 누군가 작은 배를 타고 나와 물 위에 떠 있는 가축이나 나무 막대, 빈 배를 보다가 배에서 여인이나 애들의 우는 소리가 들리기라도 하면 서둘러 노를 저어 다가가 목표물을 긴 끈으로 동여맨 뒤 강가로 끌고 나왔다. 착하고 용감한 사람들. 이득도 정의도 지킬 줄 아는 이 고장 사람들의 모습 그대로였다. 서슴없이 사람 목숨과 재물을 구할 줄 아는 그들은 모험을 즐기기도 하는 날렵하고 용기 있는 사람들이었다. 그런 모습을 바라보노라면 누구라도 박수가 절로 나왔다.

바로 이 강이 역사적으로 이름 있는 유수酉水[•]였다. 지금은 백하白河라는 새로운 이름으로 불리는 강. 백하는 흘러 내려가다가 진주辰州[•]에 이르러 원수沅水[•]와 합류한다. 이곳에서 물이 약간 흐려지는 것은 산골짜기 물이 흘러나온 탓이다. 물길을 거슬러 올라가다 보면 깊이가 몇 길[•] 족히 되는 호수들이 나타나는데 그야말로 바닥이 보일 정도로 물이 맑고 투명했다. 낮에 햇빛이 비추면 호수 바닥의 흰 자갈과 무늬 있는 마노瑪瑙 자갈마저 똑똑히 보일 정도였다. 물 속에서 노니는 물고기는 마치 공기 속을 헤엄쳐 다니는 듯했다. 강의 양쪽 기슭은 거개가 높은 산이다. 산속에는 종이 원료로 쓸 수 있는 가느다란 대나무들이 많아 사시

- 유수酉水 : 사천성 유양현酉陽縣 동부에 위치한 강. 발원지는 호북성 선은현宣恩縣이며 유양대계酉陽大溪, 유수酉酬, 후계后溪 등 삼진三鎭과 중경重慶市 수산현秀山縣을 돌아 원강沅江과 합류하여 동정호洞庭湖로 흘러든다. 유양 경내에서 강의 길이는 81킬로미터이고 연안에는 소수민족인 토가인土家人들이 살아가고 있다.
- 진주辰州 : 옛 진주부辰州府. 관아가 지금의 호남성 원릉현沅陵縣에 있었음.
- 원수沅水 : 원강沅江이라고도 부른다. 귀주성貴州省 운무산雲霧山 계관령鷄冠嶺에서 발원하여 귀주성 동부, 호남성 서부를 경유하여 동정호로 흘러든다. 전체 길이는 1,022킬로미터이고 대부분은 산간지대를 흘러 지난다.
- 길 : 한 길은 곧 1장丈. 대략 3미터.

장철 짙푸른 빛으로 사람들의 눈을 시리게 하였다. 강기슭의 주민들은 만발한 복숭아꽃, 살구꽃 속에 묻혀 살고 있었다. 봄날에 조금만 눈여겨 보면 복숭아꽃 만발한 곳에 꼭 인가가 있고 인가가 있는 곳에 반드시 주막이 있었다. 여름이면 햇볕에 널어놓은 자주색 옷가지들이 눈을 부시게 했는데 이것 역시 인가가 있다는 표시였다. 가을, 겨울이 오면 벼랑 위의 집이든 강가의 집이든 모두 한눈에 확연해졌다. 누런 흙벽이며 검은 기와며 알맞게 자리 잡은 집터며, 모든 것이 주변 경치와 한데 어우러져 바라보는 이의 마음을 즐겁게 했다. 시를 좀 읊을 줄 알고 그림 좀 그릴 줄 아는 여행객이라면 누구나 이 강에 작은 배 하나를 띄우고 그 위에서 한 달여를 노닌다 해도 싫증나지 않을 풍경이었다. 눈에 들어오는 것마다 신기하고 아름다우니 자연의 거대하고 정교한 모습 하나 하나가 보는 이를 황홀경에 빠지게 했다.

백하의 원류는 사천 경계에서부터 시작된다. 봄물이 차오르면 백하에서 상류로 올라가는 작은 배들은 사천의 수산秀山*까지 닿을 수 있었다. 그러나 호남 경내에서는 다동이 마지막 부두였다. 강은 다동에서 폭이 반 리 가량 되지만 가을과 겨울철에 물이 줄면 그 거리가 20장丈[약 60미터] 정도로 좁아지고 물이 빠진 곳에

---

* 수산秀山 : 사천성 경내의 작은 현. 그 현에 수산이 있음.

서는 강바닥에 깔려 있던 푸른 돌들이 드러났다. 배는 이곳에 와 닿은 후 더는 상류로 올라가지 못하고 멈추었다. 바로 이런 까닭에 사천 동쪽에서 들고 나는 화물들은 모두 이곳에 부려진 후 육로로 운송되었다. 나가는 화물들은 모두 짐꾼들이 어깨에 멘 삼나무 멜대로 실어날랐고, 들어오는 화물 또한 이곳에서 묶고 포장해 짐꾼들 인력으로 어디론가 운반했다.

이곳 산성에는 옛 녹영병綠營兵●을 수비 병력으로 개편한 1개 대대의 군인과 500가구 정도의 주민들이 살고 있었다(이들 주민들은 밭을 지녔거나 기름집을 운영하거나 군부대의 기름, 쌀, 솜실 등으로 장사하는 소자본가들 외에 대부분은 옛날 이곳에 주둔하면서 살게 된, 군적軍籍을 가진 사람들이다). 이 고장에는 또 이금국厘金局●이라는 것이 설치되었는데 사무실은 성 밖 강가 거리 쪽의 작은 사당에서 기다란 깃발을 내걸고 일을 했다. 국장은 성 안에서 살았다. 1개 대대의 병사들이 참장參將● 관아에 주둔해 있지만 나팔수가 매일 성 위에 올라가 나팔을 불어 이곳에 주둔군이 있다는 사실을 알

● 녹영병綠營兵 : 원문에는 '녹영둔정綠營屯丁'으로 되어 있다. 청나라 때의 군제軍制. 만주족의 팔기군八旗軍과 달리 중국 한족漢族들을 징집하여 만든 군대이다. 녹색 깃발을 사용하고 보통 한 개 대대[營] 정도로 구성되어 있어 녹영병이라 부른다. 청나라 초기에는 팔기군의 감시와 통제를 받는 보조 병력이었지만 중기 이후에는 주요 병력으로 확대되기도 하였다. 청나라가 망하면서 편제만 남았다.
● 이금국厘金局 : 청나라 때 상품의 지방통과세를 관리했던 관청.

려주는 것 외에는 병사들의 존재를 짐작할 수 없었다. 겨울철 한낮, 성 안에 들어가 보면 집집마다 문앞에 야채와 빨래들을 걸어 말리는 광경이 눈에 띄었다. 고구마는 길쭉한 넝쿨째로, 밤이나 개암 같은 견과들은 종려나무 껍질로 짠 자루 속에 듬뿍 담겨 처마 밑에 걸려 있었다. 집안 곳곳에서는 닭과 병아리가 놀았다. 간혹 남정네들이 자기 집 문지방에 걸터앉아 톱으로 나무를 켜기도 하고 어떤 이는 도끼로 나무를 팬 후 다 팬 장작을 평평한 곳에다 탑처럼 차곡차곡 쌓아놓았다. 깨끗이 빨아 빳빳이 풀을 먹인 푸른색 저고리에 흰 바탕의 꽃무늬 앞치마를 두른 중년 아낙 몇 명이 햇볕 아래 허리를 굽힌 채 일하면서 수다 떠는 모습도 보였다. 모든 것은 언제나 그렇듯 적막했고, 사람들은 매일 단조롭고 고요한 일상을 보냈다.

고요한 일상은 '사람 일'에 대한 생각을 깊게 하고 꿈도 부풀게 한다. 이 자그마한 성곽 안에서 살아가는 사람들은 모두 각자

● 참장參將 : 청나라 때의 정3품 무관. 부장副將 아래 지위로 지방의 작은 군영을 지휘, 관리했다. 청나라 때엔 전국을 11개 군사 지역으로 나누었다. 지역마다 하나 또는 여러 개 성省을 관할하였는데 각 군사 지역의 최고 장관은 총독이나 순무巡撫라 하고 각 성의 군사 장관은 제독提督 또는 이 직을 겸한 순무가 맡았다. 성 아래에는 진을 두었는데 진의 장관은 총병總兵이라 했고 진 아래는 협協을 두고 그 지휘관은 부장이라 하였다. 그리고 협 아래 영營을 두었는데 그 지휘관은 참장參將, 유격遊擊, 도사都司, 수비守備 등으로 불렀다. 다시 영 아래에는 신迅, 그 지휘관은 천총千總, 파총把總, 외위천총外委千總, 외위파총外委把總 등으로 불렀다.

에게 주어진 날들 속에서 사랑과 미움 등 인간사에 대해 필연적인 기대를 지닌 채 살아가고 있었다. 그러나 과연 그들이 뭘 생각하는지 누가 알랴? 성 안의 조금 높은 곳에 살면 문앞에서도 강 건너와 강 위의 경치를 한눈에 볼 수 있었다. 배가 들어올 때면 저 멀리 모래톱에서 굵은 밧줄로 배를 끌고 있는 많은 뱃사람들이 보였다. 그들 가운데 어떤 이는 강 하류 쪽에서 맛 좋은 과자나 서양 사탕 따위를 가지고와 성 안에서 팔기도 했다. 배가 들어올 때 아이들의 관심은 당연히 그 뱃사람들에게 가 있었다. 반면 어른들은 병아리 한 배나 돼지 두 마리를 길러 하류로 내려가는 뱃사람들에게 부탁하여 금귀고리, 질 좋은 검은 색 옷감*을 사오게 하거나 맛있는 간장 한 단지* 또는 이중으로 겉감이 되어 있는 예쁜 등갓을 사오게 했는데 이런 것들로 아낙들의 마음을 사로잡았다.

이 자그마한 산성 안은 이렇게 고요하고 평화로웠다. 하지만 이곳이 사천 동쪽과 장사하고 거래하는 관문인만큼 성 밖 강가의 거리는 풍경이 좀 달랐다. 장사꾼들이 묵어갈 수 있는 여관도 있

- 질 좋은 검은 색 옷감 : 원문에는 '관청포官靑布'로 되어 있다. 심종문은 주석註釋에서 '관官'은 표준의 의미, '청靑'은 푸른 빛이 아니라 검은 빛이라고 하였다.
- 간장 한 단지 : 심종문은 주석에서 상담湘潭, 장사長沙 지역의 간장 맛이 좋아 이 지역[상서湘西] 사람들은 그것을 구하여 술을 선물하듯이 남에게 보낸다고 하였다.

고 오래된 이발관도 자기 자리를 지키고 있었다. 이 외에 음식점, 잡화점, 기름가게, 소금가게, 옷가게 등이 모두 한 자리씩 차지하며 이 거리를 장식했다. 또 배에서 쓰는 박달나무 활차活車*, 대나무를 꼬아 만든 닻줄, 솥이나 냄비를 파는 가게도 있고 뱃일을 소개해주며 부두 덕분에 살아가는 집도 있었다. 작은 음식점 앞에 놓인 식탁에는 늘 노릇노릇 구운 잉어에 두부를 곁들인 요리가 붉은 고추를 얹은 채 굽낮은 사발에 담겨 있고 그 옆의 큼직한 대나무 통에는 굵은 젓가락들이 꽂혀 있었다. 누구든 돈을 좀 쓰고 싶다면 대문 옆 식탁 앞에 척 걸터앉아 젓가락 한 쌍을 뽑아들기만 하면 되었다. 그러면 대뜸 저쪽에서 눈썹을 가늘게 다듬고 얼굴에 하얀 분칠을 한 아낙이 이쪽으로 다가와 "아유, 오라버님, 나으리. 단술 드실래요? 아님 소주 드실래요?" 하고 말을 걸었다. 그러면 화끈한 사내나 익살맞은 사람 또는 음식점 아낙에게 마음이라도 좀 있는 사내는 심짓 화난 척하며 "뭐, 단술을 마셔? 어린애도 아닌데, 단술을 마시겠냐 묻는단 말이지! 참 나."라고 대꾸하곤 했다.

그러면 아낙은 큼직한 항아리에서 독한 소주를 대나무 통으로 떠올려 옹기그릇에 담아 식탁에 올렸다.

* 활차活車 : 도르래 바퀴. 이것에 줄을 달아 물건을 위아래로 오르내리게 하는 장치가 도르래이다.

잡화점에는 석유와 석유램프, 향초, 종이 등이, 기름가게에는 군용 오동기름이, 소금가게에는 화정산火井産 청해 소금*이 있었다. 옷가게에서는 흰 솜실, 광목, 면화 및 머리 두건으로 쓰는 주름 잡힌 검정비단이 팔렸다. 배에서 쓰는 물건들을 파는 가게는 온갖 것을 늘어놓았는데 그야말로 없는 것이 없었다. 간혹 100근斤[약 60킬로그램]*이 넘는 쇠닻이 문앞 길가에 놓여 고객들의 흥정을 기다리기도 했다.

뱃사람 소개를 일거리로 하는, 부두 덕분에 밥 먹고사는 사람은 강가 거리의 자기 집 대문을 하루 종일 활짝 열어두었다. 이런 집에는 푸른 우단羽緞 마고자를 입은 선주와 건들거리는 뱃사람들이 들락날락했다. 여기는 얼핏 찻집 같지만 차를 팔지 않았고, 아편굴은 아니지만 아편을 피울 수 있었다. 이곳에 온 사람들은 배와 관련된 거래 이야기를 했지만 뱃사람들은 윗사람이나 아랫사람 심지어 배를 끄는 인부들까지 한 가지 규칙은 꼭 지켰다. 절대 가격을 입에 담지 않는다는 것이었다. 그들은 거의가 '친목을 도모하기 위해' 이곳에 온 듯했다. 일을 맡아서 하는 '우두머리'

---
* 화정산火井産 청해 소금 : 이 부분의 원문은 '화정출적청염火井出的青鹽'으로 되어 있다. '화정火井'은 사천성 공래현邛峽縣의 화정진火井鎭으로 촉한蜀漢시대부터 천연가스를 이용해 소금을 구웠던 곳. '청염'은 청해성의 짠물 호수에서 채취한 소금. 따라서 화정진에서 가공한 청해 소금을 말한다.
* 근斤 : 무게의 단위. 1근은 약 600그램.

를 중심으로 그들은 이 고장의 크고 작은 일과 두 성城의 상업현황 및 강 하류에서 일어난 '새로운 일'을 의논하곤 했다. 약속이 있어 나온 이들, 융자받으러 나온 이들이 이곳에서 만났고 주사위를 던져 점수를 보아 다음번 모임의 대표를 결정하는 일도 이곳에서 했다. 그들이 진짜로 거래하는 일은 딱 두 가지인데 그것은 배를 사고팔거나 계집을 사고파는 일이다.

  대도시에서 상업의 발달로 기생하는 사람들이 생겨난 것과 마찬가지로 이 작은 산성의 강가 거리에도 상인들과 뱃사람들의 필요에 의해 그런 사람들이 생겨나 다락집에 모여 살았다. 그녀들은 인근 시골에서 데려온 것이 아니고 사천의 군인들을 따라 호남까지 흘러와 정착하게 된 여인들이었다. 그녀들은 가짜 서양 비단옷에 꽃무늬가 그려진 바지를 입었으며 눈썹은 가늘게 다듬었고 높이 얹은 머리에 촌스러운 향이 나는 진한 오일을 발랐다. 대낮에 할 일이 없는 그녀들은 문앞에 앉아 신발을 만들었다. 신발 앞끝에 청실홍실로 한 쌍의 봉황을 수놓거나 뱃사람 애인을 위해 꽃 주머니를 수놓기도 하고 지나가는 행인을 바라보며 긴 하루를 보냈다. 또는 강 쪽으로 나 있는 창가에 앉아 뱃사람들이 물건 부리는 것을 구경하기도 하고, 그들이 돛대에 올라 노래하는 것을 듣기도 했다. 저녁이 되면 그녀들은 상인이나 뱃사람들을 번갈아 접대하며 충실히 기녀妓女의 의무를 다 했다.

호남의 가장자리에 자리잡은 이곳은 워낙 풍속이 순박한 곳이어서 기녀라 할지라도 맘씨가 고왔다. 낯선 사람을 만나 거래를 할 땐 먼저 돈을 받고서야 문을 걸고 일을 치르지만 서로 낯익고 아는 사이가 되면 돈은 있어도 그만 없어도 그만이었다. 기녀들은 대부분 사천의 상인들에게 기대 생활을 유지했지만 오히려 정은 뱃사람들에게 더 주었다. 정든 사람들끼리는 입술을 깨물고 목을 깨물며 맹세를 하고 '갈라진 뒤 서로 딴짓 안 하기'로 약속을 했다. 그러고는 40~50일 물 위에서 보내는 사람이나 강가에 남겨진 여인 모두 자신의 마음을 멀리 있는 상대에게 단단히 묶어둔 채 기나긴 날들을 멍하니 보내는 것이었다. 여자들의 마음은 더욱이 진실되어 때로는 말할 수 없이 어리석을 정도였다. 약속 시일이 지나 사내가 돌아오지 않으면 잠을 자면서도 배가 강가에 닿아 사내가 흔들흔들 배의 발판을 딛고 땅에 내려 자기에게 달려오는 꿈을 꾸었다. 혹은 그 사이 의심이 생기면 사내가 돛대에 올라 다른 여자를 바라보며 노래하고 자신을 보는 척도 안 하는 꿈을 꾸기도 했다. 온순한 여인네는 이런 꿈속에서 강에 뛰어들거나 아편을 삼키고, 성깔이 강한 여인네는 식칼을 들고 뱃사람한테로 달려가기도 했다. 그녀들의 삶은 이처럼 일반 사회와 동떨어져 있지만 눈물과 기쁨이 사랑과 미움, 이해득실과 뒤엉켜 나름의 삶을 빚어낼 적엔 다른 땅 위에서 다른 삶을 사는 젊은 생명들과 별반 다를 게 없었다. 즉 그녀들의 온몸과 마음은 사랑과 미움에 휩싸여 달구어졌다 식혀지기를 반복하면서 일상의 다른 것을 잊어버리는 것이었다. 만약 그녀들의 삶이 보통 사람들과 다른 점이 있다면 그것은 그녀들이 더 진실하고 더 어리석다는 사실이었다. 짧은 기간 동안 동거를 하거나, 첩으로 들어가 오래 살거나, 문 닫아걸고 야한 일을 하는 등 여인의 몸과 관련된 거래는 이곳 민심이 순박한 까닭에 당사자들은 별로 수치스럽게 생각하지 않았다. 옆에서 보는 사람들 역시 글깨나 읽은 사람들의 통념으로 그녀들을 질책하거나 깔보는 일이 없었다. 그녀들은 의리를 중히 여기고 이익을 뒤로 하며 신의를 지켰다. 기녀라 할지라도 오히려 도덕이나 수치심을 말하는 도시 사람들보다 더 믿음이 갈 정도였다.

부두를 관장하는 사람은 순순順順*이라는 남자였다. 이 사람은 청나라 시절 군대에서 별로 하는 일 없이 그럭저럭 지내다가 혁명 때는 그 유명한 육군 49표標*에서 십장什長*을 지냈다. 이 남자처럼 십장을 지낸 사람 중에는 혁명으로 인하여 위대한 인물

- 순순順順 : 쉰쉰Shùnshùn[중국어].
- 49표標 : 표標는 청나라 말기 육군 편제의 하나. 지금의 단團에 해당함. 단은 연대 규모의 부대. 따라서 49표는 49연대 정도의 의미.
- 십장什長 : 청나라 군대에서는 사병 5명에 한 명의 오장伍長을 두어 관리하게 하였고 10명에 한 명의 십장什長을 두어 관리하게 했다.

이 되거나 머리가 날아가고 몸뚱이가 찢겨버린 이도 있지만 그는 소년시절에 얻은 다리 풍증을 지닌 채 고향으로 돌아오게 되었다. 그는 모아둔 돈을 털어 노가 6개 딸린 흰 목선木船 한 척을 마련한 뒤 가난한 선주에게 그 배를 세주었다. 선주는 물건을 싣고 다동과 진주 사이를 오갔다. 운이 괜찮아 반 년 간 배는 별 탈이 없었고 그는 돈을 벌었다. 게다가 어느 정도 재산이 있는, 까만 머리에 얼굴이 하얀 어린 과부를 아내로 맞게 되었다. 몇 년 후 그는 이 강가에서 크고 작은 배 4척과 마누라, 아들 둘을 둔 사람이 되었다.

대범하고 소탈한 이 남자의 사업은 척척 순조로웠으나 친구 사귀길 좋아하고 남을 잘 도와주어 기름장수들처럼 크게 재산을 일구지는 못했다. 자신이 군대생활을 해봤기에 집 떠난 사람들의 고충을 잘 알았고 뜻을 펴지 못한 사람들의 마음을 잘 헤아렸다. 그리하여 무릇 배가 사고를 당해 파산한 사람이나 이곳을 지나는 제대 군인, 떠돌이 문인 같은 사람들이 소문 듣고 찾아와 도움을 청하면 그는 마다하지 않고 도와주었다. 한편으로는 강에서 돈을 벌고 한편으로는 그 돈을 시원하게 썼던 것이다. 그는 비록 다리에 좀 문제가 있으나 물질을 잘하고, 걸을 때 절뚝거렸지만 사람됨은 공정했다. 물 위의 일이란 게 워낙 단순해서 모든 것을 관습대로 하면 되었다. 배가 파손되었거나 누군가의 배가 다른 사람

배에 손해를 입혔다거나 할 경우 그냥 관례대로 해결하면 되는 일이었다. 다만 이렇듯 관례로 모든 문제를 해결하려면 나이도 많고 덕망 높은 인물이 있어야 했다. 어느 해 가을 이런 일을 맡아하던 사람이 죽자 순순이 그 일을 대신하게 되었다. 당시 그의 나이는 겨우 쉰 살이었지만 사리에 밝고 정직하며 온화한 데다 재물을 아끼지 않아 누구도 그의 나이를 갖고 흠잡지 않았다.

지금 그의 큰아들은 18살이 되었고 작은 아들은 16살이 되었다. 두 젊은이는 건장하기가 작은 황소 같아 능히 배를 몰 수 있었고 헤엄도 잘 치며 먼 길을 다니는 데 문제가 없었다. 이 산성 출신의 젊은이들이 할 수 있는 모든 일들을 그들도 죄다 할 수 있었을 뿐 아니라 아주 멋지게 해냈다. 형은 아버지처럼 호방하고 활달한 데다 자질구레한 일에 구애되지 않았다. 동생은 까만 머리에 얼굴이 하얀 엄마를 닮아서 말수가 적었지만 이목구비가 뚜렷하고 보기에도 똑똑하고 다정다감했다.

두 형제는 장성해감에 따라 생활상 여러 가지 경험을 하며 단련될 필요가 있었다. 그래서 아버지는 그들 둘을 번갈아가며 이곳저곳으로 여행을 보냈다. 하류로 내려갈 때 그들은 자기 배의 일꾼이 되어 뱃사람들과 고락을 같이 했다. 노를 저을 때면 가장 무거운 것을 골라잡았고 밧줄로 배를 끌 때면 가장 앞줄에 섰다. 배에서 마른 물고기나 고추, 절인 배추 따위로 끼니를 때웠고 딱

딱한 갑판에서 잠을 잤다. 상류로 올라갈 때는 육로로 걸어갔다. 그럴 때마다 사천 동쪽의 상품을 좇아 수산秀山, 용담龍潭*, 유양酉陽*을 거치며 장사를 했는데 날이 춥든 덥든, 비가 오든 눈이 오든 짚신을 신고 길을 걸었다. 그들은 항상 단검을 차고 다니면서 부득이 손을 써야 할 때면 잽싸게 칼을 뽑아들고 넓은 공터에 서서 상대방이 덤비기를 기다렸다가 육박전으로 해결하기도 하였다. 이곳의 풍습은 "적을 대처할 때도 칼을 써야 하고 친구를 사귈 때도 칼을 써야 한다"는 것이었다. 칼을 써야 할 때가 되면 그들은 결코 기회를 놓쳐본 적이 없었다. 장사나 사람 상대하는 법을 배워야 했고 타지에서 살아가는 법이나 칼로 자신의 몸과 명예를 지키는 법도 배워야 했다. 교육의 목적은 두 아들로 하여금 사람으로서의 용기와 의리를 배우게 하는 데에 있었다. 그 결과 두 사람은 호랑이처럼 튼실한 데다 성품이 온화하고 교만하지 않으며 사치스럽지 않고 세를 믿고 남을 업신여기는 일이 없었다. 그리하여 다동 인근에서 그들 부자 세 사람에 대한 이야기가 나오면 존경을 표하지 않는 사람이 없었다.

아버지는 두 아들이 아주 어릴 때부터 큰아들은 모든 면에서 자기와 닮았다는 것을 알고 있었다. 그런데도 사랑은 둘째에게

● 용담龍潭 : 사천성 동쪽 거현渠縣 경내에 있는 호수.
● 유양酉陽 : 사천성 중경시重慶市에 속한 현縣.

점점 더 갔다. 이런 은근한 속마음 때문에 그는 맏이를 천보天保*라 이름짓고 둘째를 나송儺送*이라 이름지었다. 그 뜻으로 말하면, 하늘이 보호하는 사람은 인간사에 있어서 때로 안 맞아 삐걱거릴 수도 있지만, 이곳 풍속에 따라 나신儺神*이 보낸 사람은 결코 무시할 수 없다는 의미였다. 나송은 매우 수려한 외모를 지니고 있었다. 다동의 뱃사람들은 그의 아름다움을 어떻게 표현해야 할지 몰라 '악운岳云'*이라는 별명을 달아주었다. 비록 누구도 제 눈으로 직접 악운을 본적은 없지만 대개 연극에 나오는 청년 악운과 비슷한 분위기를 느꼈기 때문이었다.

- 천보天保 : 티앤바오Tiānbǎo[중국어].
- 나송儺送 : 누오송Nuósòng[중국어].
- 나신儺神 : 역귀疫鬼를 물리치는 신. 전염병을 몰아내는 신.
- 악운岳云(1119~1142) : 자는 응상應祥, 호는 회경會卿. 남송南宋 시기 대장군 악비岳飛의 장자이다(양자라는 설도 있다). 중국 역사에서 보기 드문 소년 장군으로 기록되어 있다. 선화宣和 원년(1119) 하남河南 탕음湯陰에서 태어나 어려서부터 아버지를 따라 종군하면서 큰 뜻을 품게 되었고 문무를 겸비한 장군으로 자라났다. 후일 무익랑武翼郎, 좌무대부左武大夫, 충주방어사忠州防御使 등의 벼슬을 지냈다. 소흥紹興 11년(1142) 그믐에 아버지 악비와 함께 간신 진회秦檜의 모함으로 살해당했다. 그때 나이 23세밖에 되지 않았다. 후일 악운을 주인공으로 한 희곡 《악가장岳家莊》《추진금선자錘震金蟬子》 등이 창작되어 민간에 널리 유행하였다.

3

 사천, 호남 두 성의 접경인 이곳에서 10년 넘게 지방 군사軍事를 맡아온 사람은 안정과 수비에 치중하였다. 다행히 그 방식은 적절해서 별 사고가 발생하지 않았다. 물과 뭍의 상업은 전쟁으로 중단된 적이 없었고 비적匪賊들에게 해를 입은 적도 없었다. 모든 것이 질서 있었고 사람들은 평온하고 즐겁게 살아갔다. 사람들은 자기 집의 소가 죽거나 배가 뒤집히거나 또는 사람이 죽는 일과 같은 불행이 닥치면 몹시 상심했지만 중국의 다른 지역에서 한창 겪고 있는 불행과 모진 시달림은 마치 이곳 산성의 사람들에게는 영원히 닥치지 않을 것으로 여겼다.

 이 고장에서 일년 중 가장 흥겨운 날은 단오와 추석, 그리고 설이었다. 이 세 명절은 지난 30~40년 동안 줄곧 이 지역 사람들을 들뜨게 해왔고 지금도 변함없이 그들에게 가장 의미 있는 날들이었다. 단옷날, 이곳 부녀자들과 어린이들은 모두 새옷으로 단장하고 웅황雄黃*을 술에 찍어 이마에 임금 '왕王'자를 그렸다. 어느 집이든 이날이 오면 꼭 물고기와 고기를 먹었다. 대략 오전 11시가 되면 다동 사람들은 모두 점심을 먹었다. 그러고는 성 안에 사는 사람들 모두가 대문을 잠그고 강가로 나와 뱃놀이를 구경했다. 강가 거리에 아는 사람이 있으면 그 집에 찾아가 다락에서 구경하고 그렇지 못하면 세관 입구나 부두에 서서 구경을 했다. 용선龍船*은 장담長潭* 어딘가를 시발점으로 하고 세관 앞을 종점으로 하여 경기를 펼쳤다. 왜냐하면 군관, 세무관리 등 이곳의 지위 있는 인물들이 죄다 세관 앞에 모여 열심히 구경하기 때문이었다. 배를 모는 일은 며칠 전부터 벌써 준비가 되어 있었다. 조를 짠 후 각자 건장하고 날랜 젊은이들을 뽑아 호수에서 배의 진퇴를 훈련했다. 배는 평소에 보던 목선과는 사뭇 달랐다. 폭이 좁고 길며 앞뒤 끝이 위로 치켜져 올라간 데다 선체 양 옆에는 주

- 웅황雄黃 : 광물. 비소砒素와 유황硫黃의 화합물로 노란 빛을 띠고 있다. 물감과 살충제, 해독제 등의 약재로 쓰인다.
- 용선龍船 : 뱃머리에 용머리를 장식한 작은 배. 단오절에 이 배들로 보트 레이스 즉 경도競渡를 즐겼다. 경도는 초楚 나라의 충신 굴원屈原이 스스로 강물에 빠져죽자 그것을 안타깝게 여긴 백성들이 물에 빠진 굴원을 구해내고자 하는 소망에서 비롯한 민속 행사.
- 장담長潭 : 다동 근처 백하에 딸린 호수인 듯.

홍색의 긴 줄이 그어져 있었다. 이 배는 평소 강가의 건조한 동굴 속에 보관해두었다가 필요할 때만 끌어내어 물 위에 띄웠다. 배마다 노 젓는 사람 12명에서 18명, 지휘자 1명, 북을 치는 사람 1명, 징을 치는 사람 1명이 오를 수 있었다. 노잡이들은 저마다 짧은 노를 잡고 느리고 빠른 북소리의 박자에 따라 배를 앞으로 저어갔다. 뱃머리에 앉은 지휘자는 붉은 천으로 머리를 동여맨 채 두 손에 작은 깃발을 하나씩 들고 좌우로 흔들어 배의 진퇴를 지휘했다. 북과 징을 치는 사람들은 보통 배의 한복판에 자리잡았다. 그들은 배가 움직이기 시작하면 '둥, 둥, 챙, 챙' 하고 단조롭게 북과 징을 쳐서 노잡이들이 박자에 맞춰 노를 젓도록 했다. 배의 속도는 반드시 북소리를 따라야 했다. 그러므로 두 배가 격렬하게 경주를 할 때면 북소리가 천둥같이 울리고 양쪽 강가의 응원하는 소리까지 더하여 그 옛날 양홍옥梁紅玉*이 노관하老鸛河*에서 수전水戰을 펼칠 때 두드렸던 북소리를 연상케 했다. 아마 우고牛皐*가 물에서 양요楊幺*를 사로잡을 때도 이 같이 북소리

- 양홍옥梁紅玉 : 남송南宋 고종高宗 때의 여장부이다. 남편 한세충韓世忠 장군을 도와 직접 전쟁터에 나서서 북을 치고 지휘를 하여 금金나라 군대를 대패시켰다고 한다.
- 노관하老鸛河 : 강소성 회안시淮安市 서쪽에 위치했던 하천.
- 우고牛皐(1087~1147) : 남송 시기 대장군 악비의 부장副將. 금나라 군대와 맞서 용맹하게 싸워 여러 차례 대승을 거두었다. 후에 억울한 누명으로 악비와 같은 시기에 독살되었다.

가 울렸을 것이다. 배를 제일 먼저 세관 앞으로 저어오면 한 필의 붉은 비단과 작은 은패銀牌를 상으로 타게 되는데 그것은 배 위 누구의 목에 걸든 한 배에서 함께 이뤄낸 영광을 자랑하는 것이었다. 일 내기 좋아하는 군인들은 승리한 배가 들어올 때마다 축하하는 의미로 강가에다 500번이나 터지는 폭죽을 터뜨렸다.

배들끼리의 경주가 끝나면 산성 수비대 사령관은 주민들과의 화합을 기하고 이 행사의 즐거움을 배가시키기 위해 파란 머리에 목이 길쭉하고 그 목에 빨강 천이 매어진 큼지막한 숫오리 30마리를 강에 풀어놓았다. 그러면 군인이든 주민이든 헤엄을 잘 치는 사람들이 물에 첨벙 뛰어들어 오리를 쫓았다. 누구든 오리를 잡기만 하면 그 오리는 잡은 사람의 몫이었다. 그리하여 장담은 일순간 풍경이 바뀌어 도처에 오리가 갈팡질팡 헤엄치고 사람들이 그 뒤를 쫓느라고 난리법석을 펼쳤다. 배와 배의 시합, 사람과 오리의 시합은 날이 저물어서야 막을 내렸다.

부두를 관리하는 우두머리 순순은 젊은 시절 수영 고수였다. 그는 오리를 뒤쫓기만 하면 어떤 상황에서든 빈손으로 돌아온 적이 없었다. 그러나 둘째 아들 나송이 12살 되던 해, 숨도 쉬지 않고 잠수하여 오리 옆으로 살며시 다가간 뒤 불쑥 솟구쳐 오르면

● 양요楊幺(?~1135) : 남송 초기 동정호 일대에서 농민반란을 일으켰던 인물.

서 오리를 잡아오자 아버지는 겸연쩍은 듯 웃으며 말했다.

"그래, 이제 이런 일은 너희들이 해야 되겠구나. 난 더이상 물에 들어갈 필요가 없을 것 같다."

그러고는 정말로 더는 물에 뛰어들어 남들과 오리를 잡는 일이 없었다. 그러나 물에 뛰어들어 사람을 구하는 일은 별개였다. 여든이 되더라도 남을 어려움에서 구해내는 일이라면 불구덩이라도 뛰어들어야 한다고, 그것이 인간으로서의 도리라고 그는 생각하고 있었다.

천보와 나송은 모두 이 고장에서 소문난 수영 선수이고 배 몰이 능수였다.

다시 단오가 다가오고 있었다. 초닷샛날 배몰기 시합이 있기 때문에 강가 거리 사람들은 초하룻날 회의를 해서 당일로 자신들의 배를 물에 띄우기로 하였다. 천보는 때마침 그날 육로 상인을 따라 상행해 사천 동쪽 용담을 지나 명절 상품을 운송하여야 했으므로 나송만 참가했다. 송아지처럼 건장한 16명의 젊은이들이 향, 초, 폭죽 그리고 생 소가죽에 붉은 태극무늬를 그려넣은 긴 다리 북* 등을 가지고 배를 보관해둔 상류의 동굴로 갔다. 동굴 앞에 이른 그들은 향과 초에 불을 붙이고 배를 끌어내 물에 띄운

● 긴 다리 북 : 원문에는 '고각고高脚鼓'로 되어 있다. 긴 받침대가 있어 세워놓고 칠 수 있는 북.

후 배에 올라 폭죽을 터뜨리고 북을 두드리며 쏜살같이 하류의 장담으로 저어갔다.

 이때가 오전이었다. 오후가 되자 강 건너 뱃사람들의 용선도 물에 띄워졌다. 두 배는 여러 가지 경주 방법을 연습하기 시작했다. 수면 위로 첫 북소리가 울려퍼졌다. 사람들은 북소리를 들으며 명절이 임박했다는 기쁨을 느꼈다. 멀리 떠난 님을 기다리고 갈망하던 강가 다락집의 기녀들은 북소리를 들으며 먼 데 있는 사람을 더 애절하게 그리워했다. 이 명절 기간 많은 배들이 돌아올 것이고 또 많은 배들이 중도에서 명절을 맞게 될 것이었다. 하여 눈으로 직접 볼 수 없는 즐겁거나 슬픈 인간사들로 인해 이 작은 산성의 강가 거리에서 어떤 이들은 기쁘기도 하고 또 어떤 이들은 근심스럽기도 할 것이었다.

 둥, 둥 북소리가 수면을 스치고 산을 넘어 나루터에 이르렀을 때 맨 먼저 그 소리를 들은 것은 누렁이였다. 누렁이는 멍멍 짖어대며 마치 놀란 듯 집 주위를 마구 맴돌았다. 마침 나룻배를 타는 사람이 생기자 누렁이는 자기도 그 배를 타고 동쪽 강가로 건넌 뒤 나지막한 산마루에 뛰어올라 산성 쪽을 향해 짖어댔다. 그때 문밖의 큰 바위 위에 앉아 종려나무 잎으로 메뚜기와 지네를 만들어 놀고 있던 취취는 햇볕을 쬐며 잠자던 누렁이가 느닷없이 깨어나 미친 듯이 뛰어 강 건너까지 갔다오는 것을 보고 꾸짖었다.

"누렁아, 너 뭐 하는 거야? 이러면 안 돼!"

그러나 잠시 후 북소리를 듣자 그녀 역시 방금 전 누렁이처럼 집을 한 바퀴 돌더니 누렁이와 함께 강을 건너 나지막한 산마루에 올라가 오랫동안 그 소리를 듣고 서 있었다. 그 흥겨운 북소리는 그녀를 지난번 명절 때로 이끌어갔다.

4

이태 전 일이다.

단옷날, 사공 노인은 나룻배를 딴 사람에게 맡긴 후 누렁이를 데리고 취취와 함께 산성 강가로 용선 구경을 갔다.

강가는 사람들로 가득 했다.

네 척의 주홍빛 용선이 수면 위로 미끄러지면서 배 주위로 물이 넘실댔다.

강물은 콩빛처럼 푸른색을 띠었고 보기 드물게 상쾌한 날씨였다. 북소리가 둥, 둥 울렸다. 취취는 잠자코 미소를 지은 채 형언할 수 없는 즐거움에 푹 빠져 있었다. 강가는 숱한 사람들로 붐볐다. 모두들 눈을 둥그렇게 뜨고 강만 바라보고 있었다. 잠시 후 취취가 돌아보니 누렁이는 곁에 있는데 할아버지는 붐비는 사람들 틈으로 사라지고 없었다.

취취는 용선 시합에 정신을 팔면서도 조금 있으면 할아버지가 찾아오시겠지 하고 생각했다. 그러나 한참이 지나도 할아버지가 오지 않자 그녀는 약간 초조해졌다. 산성으로 구경오기 전날 할아버지가 취취에게 묻던 말이 생각났다. "내일 산성에서 용선 시합을 하는데 너 혼자 가서 구경하면 겁나지 않겠니? 사람들이 많아서 말이다."

"사람들이 많은 거야 겁나지 않는데 혼자 구경하는 건 재미없어요."

한참 궁리한 끝에 할아버지는 성 안에 사는 아는 사람을 떠올리고는 그 밤으로 찾아가 취취와 함께 산성에 가 놀 수 있도록 하루만 나룻배를 맡아달라고 부탁했다. 식솔도 친척도 개 한 마리도 없이 홀로 사는 그 노인은 사공 노인보다 더 외로운 처지였다. 그는 이튿날 아침 사공 노인 집에 와서 식사도 하고 웅황주雄黃酒*도 한잔 하기로 약속하였다. 다음날 그 노인이 왔고 식사 후 할아버지는 그이한테 일을 부탁한 뒤 취취와 함께 산성으로 갔다.

> * 웅황주雄黃酒 : 웅황 가루를 탄 술. 단오절에 마셨다. 전설에 의하면 초나라의 충신 굴원이 스스로 강물에 빠져죽자 백성들이 웅황 가루를 탄 술을 부어 이무기가 굴원의 시신을 뜯어먹지 못하도록 하였다고 한다. 이로부터 단오절이 되면 벌레나 뱀에게 물리지 않도록 어른들은 웅황주를 마시고 아이들은 웅황주를 몸에 찍어 바르거나 이마에 임금 왕자를 그리는 풍습이 생겼다고 한다.

길을 나서자 할아버지는 갑자기 무슨 일이 생각난 듯 취취에게 물었다.

"취취야, 사람들이 너무 많아 굉장히 붐빌 텐데 너 혼자 강가에서 용선 구경을 할 수 있겠니?"

"왜 못해요? 그런데 혼자 구경해서야 무슨 재미가 있겠어요?"

그러나 강가에 이르자 취취는 장담에 뜬 네 척의 용선에만 정신이 팔려 할아버지는 옆에 있으나 마나였다.

'아직 시간이 많아. 경기가 끝나려면 적어도 세 시간은 있어야겠지. 나루터의 그 친구도 젊은이들 노는 걸 좀 구경해야지, 지금 가서 교대해도 늦지 않아.'

이렇게 생각하고 할아버지는 말했다.

"사람이 너무 많으니 움직이지 말고 그냥 여기서 구경하거라. 할아버지는 딴 데 일이 좀 있단다. 아무튼 이따 와서 같이 집에 가자."

두 척의 배가 앞서거니 뒤서거니 하는 데에 정신이 팔린 취취는 할아버지의 말에 별 생각 없이 그러겠다고 대답했다. 누렁이가 손녀 옆을 지켜주는 것이 자기가 있는 것보다 나을 거라 생각한 할아버지는 나룻배를 보러 집으로 향했다.

나루터로 와보니 친구 노인이 흰 탑 아래 서서 멀리 들려오는 북소리에 귀를 기울이고 있었다.

할아버지는 배를 끌어 건너오라고 그에게 외쳤다. 그들은 강을 건너 다시 흰 탑 아래로 갔다. 그 노인은 할아버지에게 왜 돌아왔느냐고 물었다. 할아버지는 교대해주려고 취취를 강가에 두고 혼자 왔으니 가서 신나는 구경 좀 하라고 하였다. 그러면서 친구에게 말했다.

"가서 잘 구경하게나. 다시 돌아올 필요는 없네. 그냥 취취를 보면 알려주기나 하게. 경기가 끝나면 혼자 집에 돌아오라고. 만일 그 애가 혼자 못 온다고 하면 같이 좀 와주든지."

그러나 그 노인은 용선 구경에 별로 관심이 없었다. 그저 강가 큰 바위 위에서 할아버지와 술이나 두어 잔씩 나누기를 원했다. 할아버지는 못내 기뻐하며 조롱박 술병을 내놓고 성에서 온 친구에게 권하였다. 두 사람은 지난 단오에 있었던 일을 이야기하며 술을 마셨는데 얼마 안 되어 그 노인이 취하여 바위 위에 누워버렸다.

노인은 쓰러져 성에 갈 수 없게 되고 할아버지도 직분 때문에 나룻배를 떠날 수 없게 되자 강가에 혼자 남겨진 취취는 초조해졌다.

용선 시합에서 최후의 승부가 가려진 후 산성의 군관이 사람을 시켜 작은 배로 오리 한 무리를 강물에 풀어놓았다. 그때까지도 할아버지는 여전히 보이지 않았다. 할아버지가 어딘가에서 자기를 기다리고 계실 거라 생각한 취취는 누렁이를 데리고 이곳저곳 사람들 틈을 비집고 다니며 찾아보았으나 할아버지의 그림자조차 보이지 않았다. 날은 곧 어두워질 것 같았다. 긴 의자를 들고 나와 경기를 구경하던 성 안의 군인들도 다시 그 의자를 들고 하나 둘 돌아갔다. 강물 위에는 오리 몇 마리만 남아 있었다. 오리를 잡는 사람도 점점 줄어들었다. 해는 강의 상류 취취네 집 쪽으로 넘어가고 황혼은 수면 위를 옅은 은빛 안개로 장식했다. 취취는 눈앞에 펼쳐진 광경을 바라보다가 문득 무서운 생각이 들었다.

"할아버지가 돌아가셨다면?"

그녀는 자리를 뜨지 말라던 할아버지의 당부가 새삼스레 떠올랐다. 그녀는 자기 생각이 필시 틀릴 거라고, 할아버지는 틀림없이 성 안의 아는 사람한테로 가셨다가 그이에게 붙들려 술을 드시는 바람에 잠시 몸을 뺄 수 없게 되신 거라 생각했다. 할아버지는 충분히 그럴 가능성이 있는 분이고 취취는 날이 완전히 어두워지기 전에 누렁이랑 집으로 돌아갈 생각이 없는지라 돌로 만든 부두에 서서 할아버지를 기다릴 수밖에 없었다.

좀 지나자 강 건너 두 척의 용선도 맞은 편 작은 강 쪽으로 정박하러 가 보이지 않았다. 용선 구경을 나왔던 사람들도 대부분 다 흩어졌다. 기녀가 있는 다락집에 등이 켜지더니 소반고小斑鼓*

를 치고 월금月琴*을 뜯으며 노래하는 소리가 들렸다. 다른 집들에서도 술판이 벌어지고 손가락으로 숫자를 셈하며 벌주를 먹이느라 떠들썩했다. 다락집 아래에 정박한 몇몇 배 위에서도 술상이 차려졌다. 무나 야채를 썰어 뜨거운 기름솥에 넣을 때 나는 '싸-' 하는 소리가 들려왔다. 강 위는 이미 어둑어둑한데 희미하게 물 위에 떠 있는 흰 오리 한 마리와 그 뒤를 쫓는 한 사람이 보이는 듯했다.

취취는 여전히 부두를 떠나지 않았다. 할아버지가 꼭 자기를 데리러와서 함께 집에 돌아가리라고 믿었다. 다락집들에서 들려오는 노랫소리가 더욱 열기를 띠었다. 아래편 배 위에서 사람들이 말하는 소리가 들려왔다. 그중 한 사람이 말했다.

"금정金亭*, 저 소리 좀 들어봐. 자네 그년이 지금 사천 장사꾼 놈하고 술 마시며 노래하고 있어. 내가 손가락 걸고 내기 하겠는데 저건 틀림없이 그년 목소리야!"

그러자 다른 뱃사람이 대답했다.

"그년이 저 사내들과 술을 마시고 노래하고 있어도 마음속으로는 나를 생각할 거야. 그년은 내가 지금 배 위에 있는 것도 알

- 소반고小斑鼓 : 한 쪽면에만 소가죽 혹은 돼지가죽을 씌운 작은 북. 나무 받침대에 걸어놓고 두 개의 북채로 쳤다.
- 월금月琴 : 생김새가 비파와 같고 줄이 넷인 악기.
- 금정金亭 : 진팅Jīntíng[중국어].

고 있다네."

"몸은 다른 사내가 갖고 놀게 해도 마음은 자네한테 있다, 그런 말이군 그래. 자네 무슨 근거라도 있나?"

"그럼, 있지."

그러고는 휘파람 소리를 냈다. 그 소리에는 이상 야릇한 암호가 담겨 있는 듯했다. 잠시 후 다락집의 노랫소리가 뚝 그쳤다. 그러자 두 뱃사람은 함께 웃었다. 이어서 둘은 그 여인에 대해 이야기를 나누었다. 그들의 이야기 속에는 적지 않게 야한 말들이 섞여 있었다. 이런 따위의 이야기를 듣는 일에 익숙하지 않은 취취였지만 자리를 뜰 수 없었다. 게다가 그 두 사람 중 하나가 하는 말이 다락집에 있는 그 여인의 아버지는 면화파棉花坡*에서 살해되었는데 칼에 17번이나 찔렸다는 것이었다. 섬뜩한 나머지 "할아버지도 죽었으면 어쩌지?" 하는 무섭고도 이상한 생각이 또 취취의 머릿속에 불쑥 떠올랐다.

두 뱃사람이 계속 이야기를 나누고 있는데 물 위에 있던 흰 오리가 천천히 취취가 있는 부두까지 헤엄쳐왔다.

'조금 더 오면 널 잡을 거야.'

취취는 이런 생각을 하며 조용히 기다리고 있었다. 오리가 강

• 면화파棉花坡 : 지금의 사천성 노주시瀘州市 납계구納溪區 면화파진棉花坡鎭.

가에서 3장[약 9미터] 가량 떨어진 곳까지 헤엄쳐 왔을 때 홀연 어떤 이가 웃으며 그 뱃사람들을 부르는 것이었다. 알고 보니 물 속에서 한 사람이 이미 오리를 손에 잡고 천천히 물을 차며 강가로 헤엄쳐 나오고 있었다. 배에 타고 있던 사람이 물 위에서 자기를 부르는 소리를 듣고 하는 말이 희미하게 들렸다.

"둘째 도련님, 참 재주도 용하시네요. 오늘 벌써 다섯 마리째지요?"

그러자 물 위의 사람이 말했다.

"요놈 참 약은 놈이야, 드디어 내 것이 되었지만."

"둘째 도련님, 오늘은 그냥 오리만 잡았지만 훗날 색시감을 낚을 때도 용하실 거예요."

물 위의 사람은 뭐라 더 말하지 않고 손발을 다 써가며 헤엄쳐서 부두에 이르렀다. 그가 젖은 몸으로 부두에 올라섰을 때 취취 옆에 있던 누렁이가 그에게 경고라도 하듯 멍멍 짖어댔다. 그제야 그 사람은 취취에게 눈길을 주었다. 부두에는 다른 사람이 없었다.

그 사람이 물었다.

"누구지?"

"취취예요."

"취취는 또 누구야?"

"벽계저에서 나룻배를 맡아보는 분의 손녀예요."

"여기서 지금 뭘 하고 있는 거지?"

"저 지금 할아버지를 기다려요. 할아버지가 오셔야 집에 돌아갈 수 있거든요."

"할아버지를 기다린다지만 할아버진 오시지 않을 거야. 할아버지는 필시 성 안의 부대에서 술을 마시다가 취하여 쓰러졌을 것이고 그래서 사람들에게 들려 집으로 가셨을 거야!"

"할아버지는 그런 분이 아니에요. 할아버지가 오신다고 하셨으니 꼭 오실 거예요."

"여기서 기다려도 소용없을 테니 우리 집에 가자. 저기 불을 켠 다락집에 가서 할아버지를 기다리는 게 어때?"

상대방은 좋은 마음으로 자기 집에 가서 기다리라 했지만 취취는 그 뜻을 오해하고 말았다. 방금 뱃사람들이 말한 여인에 관한 추한 이야기들이 생각나 그녀는 그 사람이 자기더러 그 여인이 노래 부르는 다락집으로 가라고 하는 줄 알았던 것이다. 워낙 남을 욕할 줄 모르는 취취지만 너무 오래 할아버지를 기다리다 보니 초조해져 있던 터라, 또 자기더러 그런 곳으로 가라 하니 욕을 본 것 같아서 작게 입속말로 중얼거렸다.

"망할 놈!"

낮은 소리였으나 그 남자는 알아들었고 취취의 목소리에서 나이까지 대략 짐작할 수 있었다.

사내가 웃으며 말했다.

"뭐야, 어린 나이에 남을 욕하다니! 가기 싫으면 그냥 여기에 있든가. 물에서 큰 물고기가 나와서 널 삼킬지도 몰라. 그래도 살려달라 애걸복걸하지 마!"

"물고기가 날 삼키든 어쩌든 당신과 무슨 상관인데요?"

누렁이는 마치 취취가 남한테 놀림 당하는 걸 알기라도 하듯 또 멍멍 하고 짖어댔다. 남자는 손에 쥔 흰 오리를 치켜들어 누렁이를 겁주고는 강가 거리 쪽으로 걸어갔다. 욕을 봤다고 여겼던 것인지 누렁이는 그 남자를 쫓아가려 했다.

"누렁아, 짖더라도 사람을 봐가며 짖어야 하는 거야!"

취취는 '이런 경박한 남자에게는 짖어댈 가치도 없어.' 하는 뜻으로 말하는 듯했으나 남자는 오히려 그 말을 점잖은 사람 보고 짖어대지 말라는 의미로 혼자 좋게 해석하고는 크게 웃으며 사라졌다.

또 한참이 지났다. 누군가가 취취를 부르며 강가 거리에서 걸어오는데 손에는 버린 닻줄로 만든 횃불이 들려 있었다. 어떤 사나이가 가까이 왔으나 취취는 그를 알아볼 수 없었다. 사나이 하는 말이 사공 노인은 벌써 집에 갔으나 취취를 데리러 올 수 없어 강을 건너는 사람한테 부탁해 취취에게 얼른 집에 돌아오라고 알리라고 했다는 것이다. 할아버지가 보냈다는 말에 취취는 그 사나이를 따라 나섰다. 횃불 든 사나이가 앞서고 취취가 그 뒤를 따르고 누렁이가 앞서거니 뒤서거니 하며 성벽을 따라 나룻터로 향했다. 취취는 자기가 강가에 있는 걸 할아버지에게 알려준 사람이 누구냐고 횃불 든 사나이에게 물었다. 그는 둘째 도련님이 알려주었으며 자기는 둘째 도련님 댁 일꾼으로 취취를 집에 바래다준 후 다시 강가 거리로 돌아가야 한다고 말하였다.

"둘째 도련님이 어찌하여 제가 여기 강가에 있는 걸 아셔요?"

취취가 묻자 그 사나이가 웃으며 대답했다.

"강에서 오리를 잡아가지고 와서 알리던데. 부두에서 보았다면서. 그리고 호의로 집에 와서 할아버지를 기다리라 했다가 되레 욕까지 먹었다고 하던데."

취취는 놀란 소리로 물었다.

"그 둘째 도련님이 누구예요?"

사나이가 놀라 도로 물었다.

"둘째 도련님도 모르니? 강가 거리의 나송 도련님 말이야, 바로 악운이라는 사람이지. 그분이 나더러 너를 집으로 데려다주라고 했는데!"

나송 도련님이라면 다동 땅에서 생소한 이름이 아니다!

취취는 방금 전 욕했던 그 말이 떠올라 속으로 놀랍기도 하고 부끄럽기도 해서 그냥 아무 말 없이 횃불을 쫓아 길을 걸어갔다.

나지막한 산마루를 넘어가자 강 건너 자기 집의 불빛이 보였다. 할아버지도 취취 쪽의 횃불을 보고 곧장 나룻배를 이쪽으로 끌어오면서 나직이 물었다.

"취취. 취취 맞지?"

취취는 할아버지의 물음에 대답하지 않았다.

그녀는 혼자 소리로 중얼거렸다.

"취취 아니에요. 취취는 벌써 큰 강의 잉어가 먹어버린 걸요."

취취는 배에 올랐다. 둘째 도련님이 보낸 사나이는 횃불을 들고 돌아갔다.

할아버지가 나룻배를 끌며 물었다.

"취취 왜 말이 없어? 할아버지 때문에 화가 났니?"

뱃머리에 선 채 취취는 여전히 아무런 대답도 하지 않았다. 강을 건너 집으로 돌아와 술에 취해 쓰러져 있는 사람을 보고서야 할아버지에 대한 원망이 사라졌지만 할아버지와는 아무 상관 없는 자신의 일로 취취는 그날 밤 벙어리가 되었다.

5

이태가 지났다.

그동안 두 번의 추석날에는 공교롭게도 달이 뜨질 않았다. 이 산성에는 추석날 밤 남녀가 달빛 아래 노래하며 밤을 지새우는 풍습이 있으나 두 해 동안은 달이 없어 그렇게 하질 못했다. 그리하여 이 두 해 동안의 추석은 취취에게 아무런 인상도 남기지 못한 채 극히 평범한 명절이 되었다. 하지만 두 번의 설에는 예전처럼 군부대와 여러 마을에서 온 사람들이 연병장에서 용등龍燈*을 들고 사자춤을 추며 징소리 북소리 떠들썩하게 설을 보내는 광경

* 용등龍燈 : 중국 민간의 무도舞蹈 도구. 천이나 종이로 만든 등으로 서로 연결시켜 용 모양을 만들며 등 밑에는 막대기가 있다. 명절날 한 사람이 하나씩 등의 막대기를 잡고 동시에 춤을 추며 징과 북으로 반주한다.

을 볼 수 있었다. 대보름날 밤이 되자 진한성鎭筸城*에서 온 병사들이 성 안에서 사자춤과 용춤을 추었다. 또 모두 어깨와 팔을 드러내고 이리저리 다니며 불꽃놀이를 하였다. 성 안의 군부대, 세관국장 공관과 강가 거리의 큰 가게에서는 모두들 미리 대나무 통이나 구멍 뚫은 종려나무 뿌리에 초석硝石가루, 유황, 목탄, 쇠가루를 이겨넣고 망치로 뚝딱뚝딱 두드려 폭죽이나 꽃불을 만들었다. 용맹하고 놀기 좋아하는 병사들은 웃통을 훌렁 벗어젖히고 북을 치며 등불놀이를 했다. 긴 대나무 꼭대기에 달아맨 작은 폭죽이 연방 터지고 불꽃들은 등불놀이 하는 사람들의 어깨와 등으로 비 오듯 쏟아져내렸다. 징소리 북소리가 빠른 박자로 울리자 사람들은 모두 흥분의 도가니에 빠졌다. 폭죽을 터뜨리고 잠시 뒤 널찍한 공터 한 구석의 도화선에 불이 붙여지자 긴 의자에 묶어놓은 큰 통의 꽃불이 처음엔 '칙-칙' 하며 흰 빛을 내뿜더니 서서히 그 흰 빛이 포효하는 호랑이처럼 또는 천둥처럼 굉음을 내며 허공으로 20장[약 60미터]이나 치솟아올랐다. 그것이 흩어져 떨어지면서 하늘 가득 불꽃비가 내렸다. 등불놀이를 하는 병사들은 불꽃 속에서도 개의치 않고 원을 돌기만 했다. 취취도 할아버지를 따라가 이런 광경을 보고는 사뭇 깊은 인상을 받았다. 그래

* 진한성鎭筸城 : 현재 호남성 봉황현鳳凰縣의 옛 지명.

도 어쩐지 그 단오에 있었던 일처럼 달콤하지는 않았다.

취취는 단옷날의 그 일을 잊을 수 없어 지난해 단오에도 할아버지를 따라 산성 근처의 강가 거리로 나가 반나절 동안 용선 구경을 했다. 그런데 한창 재미나게 놀고 있을 때 갑자기 비가 쏟아져 다들 옷이 흠뻑 젖었다. 비를 피하기 위하여 할아버지, 취취와 누렁이는 순순 선주네 다락집으로 올라갔다. 구석진 데에 서 있는데 걸상을 든 한 사나이가 그들 옆으로 지나갔다. 취취는 그 사람이 바로 지난 번 횃불을 들고 취취를 집까지 바래다주었던 남자라는 걸 알아보고 할아버지에게 알렸다.

"할아버지, 저 아저씨가 작년에 저를 집에까지 데려다줬어요. 횃불을 들고 걷는 모습이 꼭 산적패 같았는데!"

할아버지는 아무 말도 없으시다가 그 사람이 되돌아오는 걸 보고는 덥석 잡고 웃으며 말했다.

"허허 이 사람아! 우리 집에서 술 한 잔 하자고 해도 안 하더니 술에 독이라도 타서 자네 이 천자님을 독살할까 겁나 그러는가?"

그 사람은 사공 노인을 이내 알아보더니 다시 취취를 보고 웃었다.

"취취, 그 사이 많이 컸구나! 둘째 도련님 말이 강가에서 큰 물고기가 잡아먹을 거라 했는데 이젠 커서 여기 물고기들은 널 삼키지도 못하겠는걸!"

취취는 아무 말 없이 그냥 입을 다물고 웃기만 했다.

일꾼에게서 둘째 도련님 이름을 듣기는 했지만 얼굴은 보이지 않았다. 할아버지와 그 사람이 주고 받는 말 속에서 취취는 둘째 도련님이 강 하류 600리 밖에 있는 청랑탄靑浪灘*에서 단오를 쇠고 있음을 알게 되었다. 둘째 도련님을 만나진 못했지만 이번에 큰도련님을 알게 되었고 이 고장에서 이름난 순순 선주도 만나 보았다. 큰도련님은 강에서 잡은 오리를 집에 갖고 왔는데 사공 노인이 오리가 참 살이 잘 쪘다고 두어 번 칭찬하자 선주는 큰도련님을 시켜 그 오리를 취취에게 주도록 하였다. 또한 할아버지와 손녀 두 사람이 빠듯하게 살아가는 형편이며 명절에도 종자粽子*를 못 만들어 먹는다는 것을 알고는 모나게 생긴 종자를 푸짐히 주었다.

강에서 이름난 순순 선주가 할아버지와 이야기를 나누고 있을 때 취취는 멀리 강의 경치를 구경하는 척 하였으나 귀로는 두 사람의 이야기를 유심히 듣고 있었다. 선주는 할아버지에게 취취가

- 청랑탄靑浪灘 : 지금의 귀주성貴州省 진원현鎭遠縣 동쪽 청랑진靑浪鎭에 위치한 강여울.
- 종자粽子 : 중국의 단오절 음식. 찹쌀에 대추 따위를 넣어 댓잎이나 갈잎에 싸서 쪄 먹는다. 전설에 의하면 초나라의 충신 굴원이 강물에 빠져죽자 물고기가 그의 시신을 뜯어먹지 못하도록 백성들이 대나무통에 쌀을 넣고 소태나무 잎으로 감아 물고기밥을 주었는데 이로부터 종자가 유래했다고 한다.

참 예쁘다고 말하면서 취취의 나이도 묻고 임자가 있는지 없는지도 물었다. 할아버지는 기뻐하며 몇 번이고 취취에 대해 자랑을 늘어놓으면서도 다른 사람이 취취의 혼사에 관심을 가지는 건 별로 달가워하지 않는 듯 그런 말에는 입을 다물었다.

집으로 돌아올 때 할아버지는 그 오리와 다른 물건들을 들고, 취취는 횃불을 들고 앞장서 왔다. 둘은 성벽을 따라 걸었다. 한쪽은 성이고 다른 한쪽은 강이었다.

"순순 선주는 참 좋은 사람이야, 마음이 넓거든. 큰도령도 참 좋고. 그 집 사람들은 모두 좋은 분들이야!"

"그 집 사람들 다 좋다고요? 할아버지는 그 집 식구들을 다 아세요?"

할아버지는 취취의 속마음은 몰랐지만 오늘은 너무 기뻐 껄껄 웃으며 취취에게 물었다.

"취취, 만일 큰도령이 너를 색시로 삼으려고 중매쟁이를 보낸다면 어쩌겠니?"

"할아버지 어떻게 잘못되신 거 아니에요? 그런 말씀 더 하시면 저 화낼 거예요!"

할아버지는 더이상 아무 말 하지 않았다. 그러나 할아버지의 머릿속에는 그런 우습고도 안 좋은 생각이 그냥 맴돌고 있는 게 분명했다. 취취는 화가 났다. 횃불을 길 양쪽으로 마구 흔들며 토라진 모습으로 앞서 걸어갔다.

"취취야, 장난치지 마. 할아버지가 미끄러져 물에 빠지면 오리가 도망가잖아!"

"누가 그깟 오리 아쉬워한대요?"

취취가 왜 불쾌해하는지 할아버지는 몰랐다. 그는 사공이 여울로 배를 몰 때 노를 재촉하는 뱃노래를 한 곡 뽑았다. 목소리는 거칠었으나 가사는 또박또박 잘 들렸다. 할아버지의 노래를 들으며 걷던 취취가 느닷없이 멈춰섰다.

"할아버지, 할아버지의 배는 청랑탄으로 갈 수 있는 거예요?"

할아버지는 아무 말도 하지 않고 그냥 노래만 불렀다. 두 사람 모두 순순 선주네 둘째 도령의 배가 청랑탄에서 명절을 보내고 있다는 사실을 떠올렸다. 그러나 누구도 서로의 기억이 어디에 멈춰 있는지는 알지 못했다. 할아버지와 손녀는 말없이 집으로 향했다. 나루터에 이르니 대신 배를 맡아보던 사람이 배를 강가에 대어놓고 그들을 기다리고 있었다. 그들은 강을 건너 집으로 돌아와 종자를 발라 먹었다. 나중에 그 사람이 성으로 돌아가겠다고 하자 취취는 가는 길을 비추도록 횃불에 불을 붙여 그에게 건네주었다. 그 사람이 강을 건너 작은 산에 오를 때쯤 취취와 할아버지는 배 위에서 그 모습을 바라보고 있었다. 취취가 말했다.

"할아버지 산적 아저씨가 산에 올랐어요!"

할아버지는 손으로 밧줄을 당기며 물 위의 엷은 안개를 바라보았다. 그리고 무언가를 보아낸 듯 가볍게 한숨을 쉬었다. 할아버지는 조용히 배를 끌어 맞은편 집 근처 기슭에 대고 취취더러 먼저 둔덕으로 올라가라 한 후 자기는 배 옆에 앉았다. 명절이라 시골 사람들이 성 안에 용선을 구경하러 갔다가 어두워지면 다들 집으로 돌아올 것이기 때문에 할아버지는 그들을 기다려야만 했다.

6

 한낮에 사공 노인이 나룻배를 타고 강을 건너는 종이* 장수와 한참 옥신각신 하고 있었다. 한 사람은 돈을 받을 수 없다고 고집하고 다른 한 사람은 돈을 주지 않으면 안 된다고 우기는 중이었다. 돈을 주고야 말겠다는 상대의 기세에 눌렸다고 느끼자 사공 노인은 화가 난 듯했다. 돈을 도로 넣으라고 밀어붙이자 그 사람은 어쩔 수 없이 돈을 손에 쥐고 있었다. 그러나 배가 강가에 닿자 그 종이 장수는 손에 쥐고 있던 동전 한 움큼을 그대로 배 안에 던져놓고 둔덕 위로 뛰어 올랐다. 그러고는 웃으며 바삐 걸어

● 종이 : 원문에는 '피지皮紙'로 되어 있다. 심종문의 주석에 의하면 '피지'는 보통의 흰 종이가 아닌 물건을 쌀 때 쓰는 종이라고 했으니 나무 껍질 등을 두드려서 만든 거친 종이인 듯. 오늘날의 재생지 같은 것.

갔다. 사공 노인은 배를 잡고 다른 사람들이 내리도록 도와야 했기에 그 종이 장수를 쫓아갈 수가 없었다. 그는 산마루에 있는 손녀를 불렀다.

"취취야, 취취야, 할아버지 좀 도와다오. 저 종이 장수가 못 가게 잡아라!"

영문도 모르는 취취가 할아버지 얘기에 누렁이와 함께 산을 내려가는 그 사람의 앞을 척하니 막아섰다.

종이 장수가 웃으며 말했다.

"날 막지 마!"

이때 또 다른 장사꾼이 내려서 취취에게 사연을 알려주었다. 사연을 듣고 난 취취는 그 종이 장수의 옷을 꼭 잡고 놓지 않았다.

"못 가요! 못 가요!"

누렁이도 마치 주인과 한마음이라는 듯 취취 옆에서 멍멍 짖어댔다. 다른 상인들도 모두 웃으며 한동안 가지를 못했다. 할아버지가 헐레벌떡 뛰어와서 그 사람 손에 억지로 돈을 쥐어주었다. 그리고 잎담배 한 다발을 그의 봇짐 속에 넣어준 후 두 손을 비비고 웃으며 말했다.

"자, 이젠 가도 되오. 어서 떠나슈!"

모두들 웃으며 길을 떠났다.

취취가 말했다.

"할아버지, 전 또 그 사람이 할아버지 물건을 훔쳐서 싸우시는 줄로만 알았어요!"

"그 사람이 돈을 듬뿍 주는 거 아니냐. 나는 돈이 필요 없거든! 그래서 돈을 안 받는다고 했더니 그 사람이 막 우기더라고. 막무가내야."

"다 돌려주셨어요?"

할아버지는 입을 다물고 머리를 설레설레 저었다. 그러고는 짐짓 약삭빠른 표정을 짓고 웃으며 허리춤에서 동전 한 잎을 꺼내 취취에게 건네주며 말했다.

"그 사람은 이것 대신 우리 잎담배를 받았지. 진한성까지는 피울 수 있을 거야!"

멀리서 북소리가 '둥둥' 하고 울렸다. 누렁이가 두 귀를 뻘쭉 세운 채 듣고 있었다. 취취가 할아버지에게 무슨 소리가 들리냐고 물었다. 할아버지는 귀를 기울여 듣더니 무슨 소리인지 알아채고 말해주었다.

"취취야, 또 단오구나. 작년에 천보 큰도령이 너에게 오리를 주었던 일 생각나니? 아침에 큰도령이 사람들을 이끌고 사천 동쪽으로 갔는데 여기를 지나면서 너 잘 있느냐고 묻더라. 너 그때 비를 흠뻑 맞았던 일 까맣게 잊었지? 우리 이번에 가면 횃불을 들고 돌아와야 할 거다. 우리 둘이 횃불로 길 밝히며 집으로 돌아오던 일 생각나니?"

취취는 오히려 이태 전 단오에 있었던 일을 생각하고 있었다. 그러나 할아버지가 묻자 취취는 약간 토라진 기색으로 머리를 저으며 일부러 이렇게 말했다.

"생각 안 나요. 생각 안 나요."

하지만 이 말의 속뜻은 "왜 생각나지 않겠어요!"였다.

할아버지는 그 속뜻을 잘 알고 있었다.

"재작년 일은 더 재미났었지. 너 혼자 강가에서 나를 기다리다 하마터면 집에 못 올 뻔 했었지. 난 큰 물고기가 너를 잡아먹은 줄로만 알았단다!"

지난 일을 말하자 취취는 키득키득 웃었다.

"할아버지, 물고기가 저를 잡아먹었다고 생각하셨다고요? 그건 다른 사람이 한 말을 제가 할아버지께 알려드린 건데요! 할아버진 그날 성 안에서 온 그 아저씨랑 조롱박 술병까지 다 잡수시지 못한 게 한스러울 뿐이지요? 참 기억력이 말씀 아니네요!"

"난 늙었어. 기억력도 형편없지. 취취 넌 이제 다 컸구나. 혼자 성 안으로 뱃놀이 구경을 하러 가도 물고기가 널 잡아먹을까 걱정 안 해도 되겠다."

"이젠 컸으니 나룻배를 지켜야지요."

"늙어야 배 같은 걸 지키는 거지."

"늙으면 쉬어야죠!"

"할아버진 호랑이도 잡을 수가 있어. 늙지 않았단 말이다!"

할아버지는 팔뚝을 굽혀 힘주며 알통 근육이 불끈 솟아오르게 하려 애썼다. 아직 젊고 힘이 세다는 걸 보여주고 싶었던 것이다.

"취취, 믿지 못하겠으면 깨물어보렴."

취취는 허리가 구부정하고 백발이 성성한 할아버지를 그냥 바라만 볼 뿐 아무 말도 하지 않았다. 멀리서 태평소太平簫® 소리가 들려왔다. 취취는 무슨 일 때문인지도 알고 또 그 소리가 어디서 울려오는지도 알고 있었다. 그녀는 할아버지와 함께 배에서 내려서는 함께 배를 끌어다 집 쪽 기슭에 대놓았다. 그러고는 새색시 맞으러 가는 꽃가마를 먼저 보려고 집 뒤에 있는 탑 밑으로 갔다. 얼마 안 되어 그들이 왔다. 태평소 부는 사람 둘, 건장한 시골 사람 넷, 빈 꽃가마 하나, 새옷 단장한 자위단장自衛團長® 아들로 보이는 청년 하나, 그리고 양 두 마리, 양몰이 소년 하나, 술 단지 하나, 찹쌀떡 상자 하나 예단을 짊어진 사람 하나. 그들 일행이 나룻배에 오른 뒤 취취와 할아버지도 올랐다. 할아버지는 밧줄을

- 태평소太平簫 : 피리의 일종. 호적胡笛 또는 날라리라고도 하며 흥겨운 소리를 낸다.
- 자위단장自衛團長 : 원문에는 '단총團總'으로 되어 있다. 지방의 세력 있는 지주가 토비土匪로부터 자체 방어를 위해 조직한 무장단체의 우두머리. 지주가 겸하기도 한다.

당기고 취취는 꽃가마 옆에 서서 사람들의 기색도 살피고 꽃가마 가장자리에 늘어뜨린 꽃술도 구경했다. 배가 기슭에 닿자 자위단장 아들인 듯한 사람이 꽃을 수놓은 허리띠에서 돈을 넣은 빨간 종이봉투를 꺼내 사공 노인에게 건넸다. 이건 관례였다. 할아버지는 못 받는다고 할 수가 없었다. 돈을 받은 할아버지는 그에게 신부는 어디 사람인가, 성씨는 무엇인가 그리고 몇 살인가 하고 꼬치꼬치 캐물어 모든 것을 알게 되었다. 태평소 부는 이들이 둔덕에 오른 후 또 '뻴릴리-' 하고 태평소를 불자 일행은 산을 넘어갔다. 취취와 할아버지만 다시 배에 남겨졌다. 그들의 마음은 마치 태평소 소리를 따라 저 멀리까지 갔다가 다시 돌아오기라도 한 듯하였다.

할아버지는 그 빨간 봉투 속에 얼마나 들었을까 헤아리며 입을 열었다.

"취취야, 송씨宋氏 마을에 시집오는 색시가 고작 열다섯 살밖에 안 된대."

취취는 할아버지의 말뜻을 알고 있었다. 그녀는 들은 척도 않고 조용히 나룻배만 끌었다.

집 근처까지 오자 취취는 집으로 뛰어들어가 가느다란 대나무로 만든 쌍관雙管 태평소를 꺼냈다. 그는 할아버지더러 뱃머리에 앉으라 하고는 〈낭송녀娘送女〉* 노래를 불어달라 졸랐다. 그리고 자기는 누렁이와 문앞의 큰 바위 위 그늘진 곳에 누워 구름을 쳐다보았다. 낮은 점점 길어지는데 어느 결에 할아버지는 잠들고 취취와 누렁이도 잠들었다.

● 〈낭송녀娘送女〉: 호남 지역 민간 소희극小戲劇의 일종. 시집가는 신부를 떠나 보내는 어머니, 마을 아주머니, 자매, 친구 등의 추억과 심정을 노래하는 내용으로 되어 있다.

7

 단오가 되었다. 사흘 전에 할아버지와 취취 사이에는 이미 약속이 되어 있었다. 할아버지는 나룻배를 지키고 취취는 누렁이를 데리고 순순 선주의 다락집에 가서 용선 구경을 한다는 것이었다. 취취는 처음에는 안 된다고 하다가 나중에 그렇게 하자고 대답했다. 그러나 하루가 지나자 취취는 약속을 뒤집었다. 구경을 해도 같이 하고 나루터를 지켜도 함께 지키자는 것이었다. 할아버지는 그것이 취취의 마음속에서 구경을 즐기고 싶은 마음과 할아버지를 아끼는 마음이 서로 겨룬 결과라는 것을 잘 알고 있었다. '할아버지가 걸림돌이 되어 구경할 걸 제대로 못하다니, 그건 안 돼!' 할아버지는 웃으며 말했다.
 "취취, 이게 뭐냐. 말해놓고 뒤집다니. 우리 다동 사람들의 평소 성품과 맞질 않잖아. 우린 한 번 말한 대로 해야 한다. 마음을 이래저래 자꾸 바꿔서는 안 된단 말이야. 내 기억력이 너한테 한 말을 금방 잊어버릴 정도로 그렇게 형편없지는 않다고!"

할아버지는 입으로는 이렇게 말했지만 사실 취취의 생각대로 하고 싶었다. 그러나 손녀애가 마음이 너무 여리고 착해 되레 마음이 아팠다. 할아버지가 더 말하지 않자 취취가 입을 열었다.

"제가 가면 누가 할아버지랑 함께 있어요?"

"네가 가면 나룻배가 나와 함께 있지."

취취는 미간을 찌푸리고 쓴웃음을 지었다.

"배와 함께 있다고요? 후, 할아버지도 참······."

할아버지는 속으로 생각했다.

'넌 아무 때건 떠나가야 할 사람이야.'

그러나 차마 입 밖에 내지는 못했다. 할아버지는 순간 할 말을 잃었다. 그리하여 집 뒤 흰 탑 아래 텃밭에 가서 파를 살펴보았다. 취취가 따라왔다.

"할아버지 전 안 가기로 했어요. 보낼 거면 이 나룻배나 보내요. 전 남아서 할아버지와 함께 있을래요."

"그럼 좋아. 취취 네가 안 가면 내가 가지. 빨간 꽃이라도 머리에 꽂은 채 유씨劉氏 할멈*처럼 차려입고 성 안에 가서 세상 구경이나 할까보다!"

두 사람 모두 이 말에 한참을 웃었다.

할아버지는 파밭을 돌아보고 취취는 파 잎을 하나 떼어 휘휘 불었다. 어떤 사람이 동쪽 기슭에서 강을 건너겠다고 소리쳤다. 취취가 할아버지보다 먼저 급히 뛰어내려갔다. 그러고는 나룻배에 올라 강에 가로 걸린 밧줄을 당겨 배를 끌고 건너가서 그 사람을 태웠다. 배를 끌면서 취취가 외쳤다.

"할아버지 노래 부르세요!"

할아버지는 노래를 부르지 않았다. 다만 높은 바위 위에 올라서서 취취를 바라보며 손을 흔들 뿐이었다.

그는 마음이 착잡했다. 취취가 이젠 다 컸구나.

취취는 하루하루 몰라보게 커가고 있었다. 무의식중에 뭘 말하고서는 얼굴까지 빨갛게 물들었다. 시간은 그녀를 자라게 할 뿐 아니라 얼른 크라고 재촉하는 듯했다. 마치 다른 어떤 일에 책임을 지게 하려는 듯. 취취는 얼굴에 분을 바른 새색시를 보는 것이 즐겁고 그녀에 대한 이야기를 듣는 것이 좋았다. 들꽃을 꺾어 머리에 꽂거나 노래를 듣는 것이 기분 좋았다. 다동 사람들의 노

● 유씨劉氏 할멈 : 청대 소설 《홍루몽紅樓夢》에 등장하는 시골 노파 유모모劉姥姥. 이 노파와 관련하여 "유씨 할멈이 대관원에 들어가다劉姥姥進大觀園"라는 속어가 있는데 시골 노파가 대궐 같은 부잣집에 갔다가 그 화려함에 놀라 눈이 휘둥그레 해지는 모습을 말한 것이다. 소설에서는 이 속어를 의식하여 사공 노인의 성 안 구경을 익살맞게 표현하고 있다.

래 속 애절한 부분의 의미도 이제 알게 되었다. 그녀는 가끔 외로운 듯 바위 위에 홀로 앉아 구름이나 별을 바라보곤 했다.

"취취, 뭘 생각하고 있니?"

할아버지가 물으면 그녀는 수줍어하며 조용히 대답했다.

"물오리들이 싸우는 걸 구경해요."

이 고장 식으로 이 말은 "아무 생각도 안 해요."라는 뜻이었다. 그러나 그녀는 동시에 마음속으로 스스로에게 물었다.

'취취, 넌 도대체 무얼 생각하고 있는 거지?'

그러면서 스스로 또 대답을 했다.

'내 생각은 아주 멀리 있고 참 많은 걸. 그런데 도대체 뭘 생각하는지 나도 몰라.'

그녀는 분명 뭔가를 생각하고 있었다. 그러나 과연 뭘 생각하는지는 자신도 몰랐다. 이 여자애의 몸은 완전한 여인이 되어가고 있었다. 나이가 차면 자연히 겪게 되는 그 '야릇한 일'도 달마다 어김없이 찾아오고 그로 인해 생각도 꿈도 많아졌다.

할아버지는 이런 일들이 여인에게 주는 영향을 너무나 잘 알고 있었다. 하여 할아버지의 마음에도 어느 정도 변화가 생겼다. 할아버지는 자연 속에서 70년 세월을 살아온 사람이다. 하지만 인간에게 생기는 자연현상에 대해서는 어쩔 수 없을 때가 있다는 걸 알고 있었다. 취취가 성숙함으로 인해 할아버지는 옛일이 생각났고 긴 시간 속에 깊이 묻어두었던 이야기들에서 뭔가를 다시 찾아오게 되었다.

취취의 엄마도 한때는 취취처럼 눈썹이 길고 눈이 크며 볼이 발그레했다. 착해서 모든 이들의 사랑을 받았고 작은 데서 뭔가를 깨달을 때마다 눈을 동그랗게 뜨고 눈썹을 치켜드는 모습이 어른들을 즐겁게 했다. 그녀는 가족들과 영원히 헤어지지 않을 것 같았다. 그러나 불행은 찾아왔다. 그녀는 한 군인을 알게 되었고 끝내는 집의 늙은이와 어린애까지 죄다 버리고 그 군인을 따라 저 세상으로 갔다.

누구를 탓하랴? 사공 노인은 그저 하늘이 시키는 대로 짐을 짊어질 뿐이었다. 취취의 할아버지는 입으로는 하늘을 원망하지 않는다고 했지만 마음으로는 이러한 불행을 안겨준 것에 불만이 없지 않았다. 왜 자신에게 이런 불행이 닥친 것일까? 실로 공평하지 않다고 느끼고 있었다! 그는 말로는 시름을 다 놓고 산다고 했지만 도저히 놓을 수가 없었다. 그냥 어쩔 수 없이 받아들이며 참고 살 뿐이었다!

그때는 어린 취취가 있었다. 그런데 만일 지금에 와서 취취가 자기 엄마 같은 신세가 된다면 사공 노인의 나이에 어찌 또 작은 핏덩이를 하나 더 키워낼 수 있을까? 사람이 원할지라도 신은 허락하지 않을 것이다! 이젠 너무 늙어 쉬어야 한다. 착한 시골 사람에게 가해지는 모든 노고와 불행을 그는 죄다 겪어왔다. 만일 어딘가 높은 곳에 진정 하느님이 있어 그의 두 손으로 모든 것을 지배한다면 분명 가장 공평한 방법으로 먼저 할아버지를 데려가고 그 다음은 젊은이가 새로운 삶 속에서 마땅히 받아야 할 행복 또는 불행을 죄다 감당하며 살아가게 하는 것이 도리에 맞을 것이다.

그러나 할아버지는 그렇게 생각하지 않았다. 그는 취취가 걱정되었다. 그는 때로 문밖 바위 위에 누워 별을 바라보며 자기 걱정도 했다. 그는 죽음이 곧 자신을 찾아올 거라 생각했다. 취취가 다 컸으니 자신이 진짜로 늙었다는 것이 판명된 셈이다. 아무튼 취취에게 그 어떤 귀결이 있어야 한다. 취취는 그 불쌍한 엄마가 할아버지에게 맡긴 핏덩어리였고 이젠 다 키웠으니 또 다른 누군가에게 맡겨야만 일을 잘 마무리 하는 것이다! 누구에게 맡겨야 할 것인지? 어떤 사람이라야 취취를 힘들지 않게 해줄지?

며칠 전 순순 선주네 천보 큰도령이 강을 건널 때 할아버지와 이야기를 나누었다. 마음씨 바르고 말 잘하는 이 젊은이는 첫마디에 말했다.

"아저씨, 취취가 참 예쁘게 컸던데요, 관음보살 같았어요. 한 이태 지나 제가 좀 한가해져서 그냥 다동에 머물러 일을 보게 되면 까마귀처럼 이리저리 마구 날아다니지 않고 매일 저녁 이 강가에 와서 취취를 위해 노래를 부를 거예요."

할아버지는 미소로 그의 고백을 격려했다. 그는 밧줄을 당겨 배를 끌면서 작은 두 눈으로 큰도령을 바라보았다.

큰도령이 계속 말했다.

"그런데 취취는 너무 여린 것 같아요. 그녀는 다동 사람들의 노래나 들으면서 사는 게 어울리지, 다동 여자들이 며느리가 되어 마땅히 해야 할 일들을 잘 해낼 수 있을까 좀 걱정되네요. 저는 제 노래를 들어주는 연인도 원하지만 그보다는 집안일을 잘 돌볼 수 있는 며느리감을 더 원합니다. 참, '말이 풀도 안 먹고 잘 달리기만을 바란다'는 옛말이 있지요. 옛 사람들이 저를 두고 한 말인 것 같아요!"

할아버지는 느긋하게 뱃머리를 돌려놓았다. 배 꼬리를 강가에 대어놓고 노인은 대꾸했다.

"큰도령, 그럴 수도 있겠구먼! 두고 보게나."

무엇을 두고 보자는 건지 할아버지는 분명하게 말하지 않았다.

그 젊은이가 간 뒤 할아버지는 사내의 입에서 나온 말들을 되뇌어보았다. 걱정도 되고 기쁘기도 했다. 이제 취취를 다른 사람에게 맡겨야 할 것이라면 이 사람이 취취를 돌보는 데 가장 손색없는 사람일까, 아닐까? 그런데 그에게 맡긴다고 하면 취취가 과연 좋아할까?

8

 초닷샛날, 이른 아침부터 보슬비가 조금씩 내렸다. 상류의 물이 다소 불어 용선놀이하기에 좋을 것 같았다. 강은 온통 푸른 콩빛이 되었다. 할아버지는 성 안에 들어가 명절 쇨 물건을 사야 했다. 그는 머리에 종려나무 잎으로 된 삿갓을 쓰고 손에는 바구니와 조롱박 술병을 들고 어깨에는 전대를 메었는데 그 속에는 600전쯤 되는 돈 꾸러미가 들어 있었다. 명절이니만큼 이날은 작은 부락과 산촌에서 동전을 지니거나 물건을 짊어지고 성 안으로 들어가 사고 파는 사람들이 아주 많았다. 그들은 죄다 아침 일찍부터 서둘렀다. 할아버지가 떠난 뒤 누렁이는 취취를 따라 나룻배를 지켰다. 취취는 새 삿갓을 쓰고 오가는 길손들을 배에 태웠다. 누렁이는 뱃머리에 앉아 있다가 나룻배가 강가에 닿기만 하면 먼저 둔덕으로 뛰어올라가 밧줄을 입에 물고 당겼다. 이 모습을 배에 앉은 사람들이 흥미롭게 바라보았다. 강을 건너는 시골 사람들 중에는 개를 데리고 성 안으로 가는 사람도 있었다. '개는 집을 떠날 수 없다'는 속담도 있듯이 개들은 집을 떠나면 곧 주인 옆으로 가 곰상스레 앉았다. 강을 건널 때 취취의 누렁이가 그리로 가서 냄새를 맡으며 슬금슬금 취취의 눈치를 살폈다. 그러고는 주인의 뜻을 알겠다는 듯 아무 짓도 하지 않고 제자리로 돌아왔다. 강가에 닿아 밧줄을 물어 배를 당기는 일을 끝낸 뒤에야 누렁이는 낯선 개가 작은 산을 넘어가는 것을 보고 곧 뒤를 쫓아갔다. 그 개 주인을 보고 가볍게 짖어대거나 혹은 낯선 개를 쫓아가거나 하면 곧바로 취취의 노기 띤 꾸지람이 떨어졌다.

"누렁아, 무슨 짓이야? 할 일이 많은데 어딜 가!"

누렁이는 즉시 배로 돌아왔지만 계속 배 안을 어슬렁거리며 냄새를 맡았다.

"망측하게! 어디서 배운 거니! 저기 가서 앉아 있지 못해!"

취취가 이렇게 말하면 누렁이는 금새 알아듣고 제자리로 가지만 또 무슨 생각이 났는지 가볍게 몇 번 컹컹거렸다.

비가 그치지 않았다. 강물 위로 안개가 피어올랐다. 나룻배에 할 일이 없어 가만히 앉아 있을 때면 취취는 할아버지가 어디쯤 가셨을까 하고 생각해보았다. 할아버지가 어디를 가셔서 누구를 만나 무슨 말을 하실지, 오늘은 성문 옆과 강가 거리가 어떤 모습일지, 마치 마음속에 책을 한 권 펼쳐놓은 듯, 취취는 모든 것을 눈으로 본 것처럼 속속들이 잘 알고 있었다. 그녀는 할아버지의 성미도 잘 알았다. 성 안에서 잘 아는 군인을 만나면 그가 마부든 취사병이든 상관없이 명절인사를 하실 것이다.

"나으리*, 명절날 많이 드십쇼!"

그러면 그 쪽은 "사공 노인도 많이 드슈." 하고 인사를 받을 것이다.

간혹 어떤 사람들은 "많이 먹고 마시고 할 게 뭐 있수? 고기 넉넉에 술 두 사발이면 배도 안 차고 취하지도 않소!"라고 대꾸하기도 했다. 그러면 할아버지는 진심으로 그를 벽계저로 청하여 양껏 술을 마시게 했다. 이때 누가 조롱박 술병에 든 술을 한 모금 마시고 싶어하면 사공 노인은 조금도 아까워하지 않고 즉시 그것을 넘겨주었다. 술을 맛보고 나서 병영에 있는 그 사람이 입술을 빨며 혀 꼬부라진 소리로 좋은 술이라고 찬사라도 보낼라치면 할아버지는 한 모금 더 마시라고 권했다. 이러다 술이 점점 줄어들면 술 샀던 가게에 다시 가서 술병을 가득 채웠다. 할아버지는 또

● 나으리 : 원문에는 '부야副爺'로 되어 있다. 심종문의 주석에 의하면 장교에게는 '노야老爺', 고참 병사에게는 '부야'라는 존칭을 썼다고 한다. 여기에서는 편의상 '나으리'로 옮겼다.

부두에 와닿은 지 하루이틀 되는 뱃사람들을 찾아가 이야기를 나누고 강 아랫쪽의 쌀값이며 소금 값 등을 물어볼 것이다. 어떤 때는 허리를 구부정하게 하고 미역 냄새, 오징어 냄새와 기름 냄새, 식초 냄새, 땔감연기 냄새가 풍기는 선실로 들어갔다. 그러면 뱃사람들이 옹배기에서 대추를 한 움큼 꺼내어 주었다. 시간이 많이 흘러 집으로 돌아오면 취취의 원망 소리가 들리고, 그때면 이 대추가 둘을 화해시키는 물건이 되곤 했다. 할아버지가 강가 거리에 나타나면 많은 가게 주인들이 종자와 다른 뭔가를 건네주며 자기 맡은 일을 열심히 하는 이 사공에 대해 경의를 표했다. 그럴 때마다 할아버지는 "이렇게 많이 주면 가다가 이 늙은이 뼈가 다 부러지라고." 하고 큰 소리로 말했다.

말은 이렇게 하지만 물건이 많건 적건 그래도 인정을 생각해서 얼마만큼은 받았다.

푸줏간에 가 고기를 사려 하면 푸주한이 고기를 주고도 돈을 받으려 하지 않았다. 하지만 사공은 다른 점포를 찾아갈지언정 그런 이득은 챙기려 하지 않았다.

그럴 때 푸주한이 이렇게 말하곤 했다.

"할아범, 웬 쇠고집이슈? 그렇다고 밭에 가서 쟁기질하시게 할 것도 아닌데!"

그래도 안 된다. 할아버지는 돈이란 피땀 흘려 번 것이기 때문에 다른 것들에 비할 바가 아니라고 생각했다. 그는 돈을 미리 세어두었다가 주인이 돈을 받지 않으면 그 기다랗고 큰 돈통에 홱 던져넣은 뒤 고기를 낚아채고 사라졌다. 푸주한은 그의 이런 성미를 잘 알았다. 그래서 그가 고기를 살 때면 제일 좋은 부위를 골라 넉넉히 건네주었다. 그 사실을 할아버지가 눈치채고 말했다.

"여보게, 주인 양반. 난 그쪽 살은 싫어! 다릿살은 성 안 사람들이나 오징어에 곁들여 볶아먹는 데 쓰는 걸세. 나하고 장난치지 말게나! 목덜미고기면 되네. 그게 맛있고 쫄깃해서 나는 좋아. 나는 사공이야. 그걸 갖다가 홍당무와 함께 찜을 해서 술 한잔 마실 거야!"

고기를 받고 돈을 건넬 때면 할아버지는 자기가 먼저 한 번 세어보고 푸주한더러 다시 세어보라고 당부했다. 푸주한은 늘 그랬듯이 그와 실랑이를 하지 않고 손에 쥔 돈을 그대로 긴 대나무 통에 와그르르 던져넣었다. 그러면 할아버지는 아주 기쁜 듯 흡족한 미소를 지으며 자리를 떴다. 푸주한과 다른 손님들은 할아버지의 그런 모습을 보고 웃음을 참지 못했다.

취취는 잘 알고 있었다. 할아버지는 또 강가 거리의 순순 선주댁으로 가셨으리라는 것을.

두 차례 명절을 쇠며 이틀 간 보고 들은 것들을 되새겨보는 취취의 마음은 즐거웠다. 마치 눈앞에 뭔가 보이는 듯했다. 그것은 아침에 침대에서 눈을 감고 본 그 아리송한 해바라기 꽃과 같이 분명 눈앞에 있는 듯하면서도 잘 보이지도, 만져지지도 않는 것이었다.

취취는 이런 생각을 했다.

'백계관白鷄關*에 정말 호랑이가 나타날까?'

웬일인지 그녀는 문득 백계관이 생각났다. 백계관은 백하 중류 근처에 있는 한 지역으로 다동에서 200리 가량이나 떨어진 곳이다!

그녀의 생각은 꼬리에 꼬리를 물었다.

'서른두 명이 여섯 개의 긴 노를 저어 물길을 거슬러오를 때 바람을 맞아 큰 돛을 올린다, 그 돛은 100폭이나 되는 흰 면포를 짜서 만든 것이다. 먼저 이런 큰 배를 타고 동정호洞庭湖*를 지난다. 아이 얼마나 우스워……'

동정호가 도대체 얼마나 큰 것인지 그녀는 알 길이 없었다. 그

- 백계관白鷄關 : 백하의 유명한 여울 삼문三門 부근의 험준한 산길. 심종문은 〈유수 유역의 몇몇 나루터(西水流域的幾個碼頭)〉라는 글에서 이곳을, 절벽이 하늘로 치솟고 거목이 울창하게 우거졌으며 대낮에도 호랑이 울음소리가 들리는 곳이라고 묘사하고 있다.
- 동정호洞庭湖 : 중국 최대의 담수호淡水湖. 호남성과 호북성에 걸쳐 있으며 면적은 2,820평방킬로미터이다. 경치가 아름다워 역대로 수많은 문학, 예술 작품의 무대가 되었으며 허다한 신화와 전설의 고향이다.

리고 그렇게 큰 배도 본 적이 없었다. 더욱 야릇한 것은 자신이 왜 이런 생각을 하게 되는지 알 수가 없다는 사실이었다.

강을 건널 사람들이 한떼 몰려왔다. 짐을 멘 사람, 공무로 심부름 나온 듯한 사람, 그리고 모녀 두 사람이었다. 어머니는 금방 풀을 한 파란색 옷을 입었고 여자애의 얼굴에는 빨간 연지가 발라져 있는데 몸에 잘 맞지 않는 새옷을 입고 있었다. 성 안에 사는 친척집으로 명절 인사도 할 겸 용선 구경도 할 겸 가는 듯했다. 모두 배에 타고 자리를 잡은 뒤 취취는 그 여자애를 눈여겨 보며 밧줄을 당겼다. 취취의 짐작에 그 아이는 열서너 살쯤 된 듯했는데 아주 앳돼 보였고 한 번도 엄마 곁을 떠나본 적이 없는 듯했다. 발에는 앞 끝이 뾰족한 신을 신었다. 갓 기름칠을 하고 못을 박은 신에는 누런 흙먼지가 얼룩져 있었다. 바지는 자줏빛이 도는 초록색 천으로 만든 것이었다. 취취가 자기를 살펴보는 것을 알아챈 여자애도 취취를 바라보았다. 두 눈은 마치 수정처럼 빛났다. 좀 쑥스럽고 어색해하면서도 어딘가 말로 표현할 수 없는 애교가 몸에 배어 있었다. 그 아이 엄마인 듯한 여인이 취취에게 몇 살이냐고 물었다. 취취는 그냥 생긋 웃고 말았다. 바로 대답하기를 꺼려하며 그녀는 오히려 여자애의 나이를 물었다. 그 아이의 엄마로부터 열세 살이라는 소리를 듣자 취취는 웃음을 참지 못했다. 그들 모녀는 분명 부잣집 아내와 딸이라는 것을 분위기로 알 수 있었다. 취취는 여자애를 바라보다 그 애의 손목에 삼꽃 무늬의 은팔찌가 있는 걸 발견하였다. 하얗게 반짝반짝 빛났다. 어쩐지 부러웠다. 나룻배가 강가에 닿자 사람들이 하나 둘 둔덕 위로 올라갔다. 부인은 동전을 꺼내 취취의 손에 쥐어주고 떠났다. 취취는 할아버지의 규칙을 까맣게 잊고 감사하다는 말도, 돈을 돌려줄 생각도 하지 못한 채 그냥 일행 속의 그 여자애에게만 정신이 팔려 있었다. 일행이 작은 산을 넘어갈 때쯤에야 취취는 급히 뒤를 쫓아갔다. 산마루에서 그 부인에게 돈을 돌려주었다. 그러자 부인이 말했다.

"이건 너에게 주는 거야!"

취취는 고개만 설레설레 저으며 웃을 뿐 아무 말도 하지 않았다. 부인이 또 뭐라 말할 사이도 없이 취취는 재빨리 나룻배로 와버렸다.

와보니 맞은편에서 어떤 사람이 강을 건너겠다고 불렀다. 취취는 다시 배를 그 쪽으로 끌고갔다. 두 번째로 강을 건너는 사람들은 일곱 명이다. 거기에도 계집애 둘이 있었다. 역시 용선 구경을 하러 가려고 깨끗이 빤 옷을 입고 있었다. 그러나 그렇게 예쁜 편은 아니다. 그래서일까, 취취는 방금 전에 본 그 아이를 더 잊을 수 없었다.

오늘은 강을 건너는 사람들이 유난히 많았다. 특히 계집애들이 많았다.

나룻배에서 밧줄을 당겨온 취취는 그동안 잘생긴 사람도, 이상한 사람도, 좋은 사람도, 눈언저리가 뻘건 사람도 죄다 보면서 살아왔고 누구든 그녀에게 인상을 남겼다. 강을 건너는 사람이 없을 때는 할아버지를 기다렸지만 할아버지는 오시지 않았다. 그녀는 여자애들의 모습을 몇 번이고 떠올렸다. 그러고는 낮은 소리로 노래를 흥얼거렸다.

백계관에 호랑이가 나타나 사람을 물어간다네.
다른 사람 다 놔두고 자위단장댁 아가씨들만 물어간다네.
(……)
큰아가씬 금비녀 꽂고 둘째 아가씬 은팔찌 꼈는데
셋째 아가씨 나만 아무것도 없구나.
일년 내내 귀에다 콩나물만 걸고 다닌다네.

성 안에서 마을로 돌아가는 사람이 강가 거리의 한 술집 앞에서 사공 노인을 보았다는데 할아버지가 조롱박 술병을 젊은 뱃사람에게 내밀며 새로 산 소주를 마시라고 권하더라 전했다. 취취가 물었을 때 성 안에서 온 그 사람은 자기가 본 것을 그녀에게 죄다 알려주었다. 할아버지가 또 시도 때도 없이 호기를 부리신다고 취취는 웃었다. 그 사람이 떠나자 취취는 무당이 12월에 신을 맞이하며 소원을 빌던 노래를 흥얼거렸다.

> 신선님, 신령님, 살피소서, 눈일랑 크게 뜨시고
> 이 고장 사람들 살펴주소서!
> 그 사람들 성실한 데다 젊고 건강하게 살아가기를.
> 어른들은 술 잘하고 일 잘하고 잠 잘 자고
> 아이들은 배고프고 추위도 잘 참고 잘 크고
> 소는 밭 잘 갈고 염소는 새끼 잘 낳고
> 닭과 오리는 알 잘 까고
> 여인네들은 아이들 잘 키우고,
> 노래 잘하고 그리운 님 잘 찾게 되기를 비나이다.
> 신령님, 신선님 살피소서, 수레 타고 오시어 양 컨에 서주소서.
> 관부자關夫子˙는 적토마赤兎馬˙ 타시고
> 위지공尉遲恭˙은 두 손에 쇠 채찍 드셨네.
> 신선님, 신령님 구름 타고 내리실 때 천천히 오소서.
> 장과로張果老˙는 나귀 등에 단단히 앉으시고

- 관부자關夫子 : 관우關羽(162?~220). 자는 운장雲長, 하동河東 해량解良(지금의 산서성山西省 운성運城)사람. 삼국 시기 촉한의 대장군으로 걸출한 무장이자 전략가이다. 사후에 민간에서 크게 추앙되어 '관공關公'이라 불리었다.
- 적토마赤兎馬 : 관우가 타던 말. 하루에 천리를 달렸다고 하는 명마.

철괴리鐵拐李*는 발 밑일랑 조심하소서!

복록福祿이 끊이지 않으니 이는 신령님의 은덕이요
비바람이 세차지 않으니 이는 신령님의 자비라
향기로운 술, 맛 좋은 음식 여기에 가득 차려져 있고
살찐 돼지와 살찐 양도 여기 불 위에서 익어간다오!

홍수전洪秀全*, 이홍장李鴻章*이여

살아서 패왕霸王 되어

- 위지공尉遲恭(585~658) : 자는 경덕敬德, 삭주朔州 선양鄯陽(현 산서성 삭현朔縣)사람. 당나라 때의 대장군으로 능연각凌煙閣 24 공신 중의 한 사람이다. 전하는 말에 의하면 그는 얼굴이 숯처럼 검었다고 한다. 진경秦瓊과 더불어 중국 민간에서 집을 지키는 문신門神으로 숭배되었다.
- 장과로張果老 : 당나라 고종高宗~현종玄宗 때의 인물로 알려진 유명한 도사道士. 당나라 중기부터 신격화되어 중국 민간에서 팔선八仙 중의 한 명으로 숭배되었다. 《대당신어大唐新語》《신당서新唐書》등에 그에 관한 기록이 있다.
- 철괴리鐵拐李 : 팔선 중의 한 명, 가장 오래고 가장 능력이 뛰어난 선인으로 알려져 있지만 문헌 기록에는 늦게 나타나 있다. 원나라 때의 희곡 《여동빈도철괴리악呂洞賓度鐵拐李岳》에 처음 등장한다.
- 홍수전洪秀全(1814~1864) : 본명은 홍인곤洪仁坤, 홍화수洪火秀. 1843년 '배상제회拜上帝會'를 결성하고 그 후에 《원도구세훈原道救世訓》《원도성세훈原道醒世訓》《원도각세훈原道覺世訓》등의 책을 펴내면서 청나라 통치에 반대하는 혁명을 일으킬 사상적인 준비를 하였다. 1851년 금전金田 농민봉기를 주도하고 태평천국을 수립하였다. 1864년에 실패하여 천경天京이 함락될 때까지 14년 간에 걸쳐 투쟁을 해오면서 18개 성과 600여 개 도시로 세력을 확장했었다.

죽이고 불질렀건 절개 있고 충성했건

이는 모두 갈 길이 달랐을 뿐이니

이리 와서 자리를 함께 한들 무슨 상관이오.

천천히 드시고 천천히 마시소서

달 밝고 바람 맑으니 강 건너기 좋을세라

취해서 손잡고 함께 돌아가실 때

노래 한 곡 더 불러드리리다!

노랫소리는 자못 부드러웠다. 그러나 흥겨움 속에 살포시 우울함이 담겨 있었다. 노래를 마친 취취는 마음이 어쩐지 쓸쓸해졌다. 가을이 다 끝나갈 무렵 신에게 감사드리고 소원을 빌 때 밭에다 불을 지펴놓고 북 치고 나팔 불던 그때의 정경이 떠올랐다.

저 멀리서 북소리가 들려왔다. 이때쯤이면 기다란 주홍색 줄이 그어져 있는 용선이 이미 물에 띄워졌음을 취취는 잘 알고 있었다. 가는 비가 그치지 않고 계속 내렸다. 강물 위로 안개가 엷게 피어올랐다.

- 이홍장李鴻章(1823~1901) : 청나라 말기의 뛰어난 조정 대신 중의 한 사람. 본명은 장동章桐, 자는 점보漸甫, 호는 소전少筌이며 안휘성安徽省 합비合肥 동향東鄉 사람이다. 태평천국의 난을 평정하는 데 공을 세웠고 개혁 운동을 펼치는 등 청나라 말기의 정치, 외교 방면에서 많은 업적을 남겼다.

9

 할아버지가 돌아왔다. 평소 같으면 아침 먹을 때가 다 된 시간이었다. 어깨 위에나 손에나 전부 물건들이었다. 나지막한 산마루에 오르자마자 취취를 불러 나룻배를 끌고와 그를 마중하라고 하였다. 취취는 많은 사람들이 성 안으로 가는 걸 보고 애태우며 나룻배 위에서 발을 동동 구르다가 할아버지가 부르는 소리를 듣고는 정신이 반짝 들었다.

"할아버지, 할아버지. 곧 가요!"

취취가 초롱초롱한 목소리로 대답했다.

사공 노인은 배에 오른 뒤 어깨에 메고 손에 들었던 물건들을 뱃머리에 내려놓았다. 그러고는 취취를 도와 배를 끌며 웃음을 지었다. 노인은 어린애마냥 겸연쩍고 어색해하는 기색이었다.

"취취, 기다리느라 혼났지?"

"할아버지, 저 알고 있어요. 할아버지가 강가 거리에서 남한테 술을 권하며 재미나게 보내신 걸."

할아버지를 원망하려던 취취가 이렇게 대답했다.

취취는 할아버지가 강가 거리에서 신나게 즐긴 것도 알고 있었지만 그것까지 말하면 할아버지가 더 미안해할까봐 목구멍까지 올라온 말을 도로 삼켜버렸다.

취취는 뱃머리에 놓인 물건들을 일일이 헤아려보았다. 조롱박 술병이 보이지 않았다. 취취는 키득키득 웃었다.

"할아버지 참 대단하세요. 나으리랑 뱃사람들이랑 술을 마시다가 조롱박 술병까지 삼키셨나봐요?"

할아버지가 웃으며 급히 해명했다.

"웬 말이냐! 내 조롱박 술병은 순순 아저씨한테 빼앗겼단다. 내가 강가 거리에서 다른 사람들에게 술 권하는 걸 보고 그 사람이 '보세요, 사공 장횡張橫*, 이래선 안 되지요. 양조장을 차린 것도 아닌데 어찌 이럴 수가 있단 말입니까? 노인장의 조롱박 술병을 이리 내려놓으시구려. 제가 다 마실 테니.' 그 사람이 참말로

---

* 장횡張橫 : 명대明代 소설 《수호전水滸傳》에 등장하는 108 영웅 중의 하나. 본래 동생 장순張順과 함께 장강에서 나룻배를 몰면서 손님의 돈을 갈취喝取하곤 했다. 여기서는 사공 노인을 우스개로 부르는 말.

'다 마실 테니'라구 말했어. 그래서 내가 조롱박 술병을 내려놓았지. 하지만 아마 그 사람이 나하고 농담한 걸 거야. 그 댁에 소주가 없을 리 있나? 취취 안 그래?"

"할아버지 그분이 진짜 술마시고 싶어서가 아니고 할아버지와 농담하시느라 그런 줄 아세요?"

"그럼 그게 뭐야?"

"걱정하지 마세요. 그분은 할아버지가 한턱 내시는 게 때와 장소에 맞지 않는다고 생각하셔서 할아버지 조롱박을 압수해 남들에게 술을 못 권하게 하셨던 거예요. 좀 있으면 사람을 보내올 거예요. 아직도 모르시겠어요? 참!"

"어, 정말 그렇겠네!"

말하는 사이 배가 강가에 닿았다. 취취는 할아버지를 도와 먼저 물건을 옮겼다. 그러나 취취는 물고기와 전대만 날랐다. 전대 속의 돈은 이미 다 써버렸고 설탕 한 봉지와 참깨를 묻혀 구운 떡 한 봉지만 들어 있었다.

두 사람이 사온 물건들을 집에 가져다 놓자마자 건너편에서 어떤 사람이 배를 불렀다. 할아버지는 취취더러 들고양이가 와서 집어가지 못하게 고기와 야채를 지키라 이르고 재빨리 강가로 갔다. 잠시 후 그 손님과 할아버지가 큰 소리로 이야기하며 집을 향해 왔다. 알고 보니 그 남자는 조롱박 술병을 가져온 사람이었다.

할아버지가 말했다.

"취취, 네가 맞췄다. 그분이 정말 조롱박을 보내왔구나!"

취취가 미처 부엌으로 갈 사이도 없이 할아버지와 젊은 사나이가 집에 들어섰다. 사나이는 얼굴이 검게 그을리고 어깨가 쩍 벌어진 사람이었다.

취취는 손님을 향해 웃고는 할아버지더러 이야기를 나누라 하였다. 손님도 취취를 보고 웃었다. 취취는 그 사람이 왜 바라보는지를 알 것 같았다. 그녀는 쑥스러워 아궁이께로 불을 지피러 갔다. 강가에서 또 어떤 사람이 강을 건너겠다고 소리쳤다. 취취가 잰 걸음으로 문밖을 나가 배 있는 데로 나갔다. 그 사람을 건네주고 나자마자 또 다른 손님이 기다리고 있었다. 비가 보슬보슬 내렸으나 강을 건너는 사람은 꽤 많았다. 연이어 세 번이나 오갔다. 취취는 배 위에서 일하며 할아버지의 재미난 일들을 생각했다. 웬일인지 성 안에서 조롱박 심부름을 온 그 사내가 낯익은 듯했다. 그런데도 어디서 보았는지는 생각나지 않았다. 사람이란 게, 어떤 쪽으로 굳이 생각하려 들지 않으면 누군지 알아맞출 수 없는데, 바로 그런 경우였다.

할아버지가 바위 위에 올라서서 불렀다.

"취취, 취취, 너 올라와 쉬면서 손님을 좀 대접해야지!"

안 그래도 더 건널 사람이 없는 것 같아 집에 들어가 불을 지필 생각이었으나 할아버지가 이렇게 외치자 도리어 집으로 올라가고 싶지 않았다.

손님이 할아버지에게 성 안에 가서 용선 구경 안 하시냐고 묻자 할아버지는 나룻배를 봐야 한다고 대답했다.

할아버지와 다른 이야기를 나누던 손님이 나중에 본론을 꺼냈다.

"아저씨, 취취가 이젠 어른 같네요. 참 예쁘게 잘 자랐어요!"

사공 노인이 웃었다.

'말투가 형과 비슷한데 더 시원시원해.'

노인은 그런 생각을 하였으나 입으로는 이렇게 말했다.

"둘째 도령, 이 고장에서 칭찬을 받을 만한 사람은 도령뿐이네. 모두 도령이 잘생겼다고들 하지! '팔면산八面山˙의 표범, 지지계地地溪˙의 금계錦鷄˙'라고 다들 도령에 대해 칭찬이 자자해!"

"뭘요, 과찬이지요."

"맞는 말이지! 뱃사람들 말로 도령이 전번에 배를 이끌고 삼문三門˙ 아래 백계관으로 갔다가 사고를 당했는데 거센 파도 속에

- 팔면산八面山 : 호남성 남부 자흥현資興縣과 계동현桂東縣에 걸쳐 있는 산.
- 지지계地地溪 : 다동 지역에 위치한 내
- 금계錦鷄 : 털빛 화려한 닭.
- 삼문三門 : 백하에 있는 유명한 여울. 호남성 익양시益陽市 안화현安化縣 마로진馬路鎭 삼문촌三門村에 위치함.

서 세 사람이나 구했다고 하던데. 도령이 강가 모래톱에서 밤을 보낼 때 마을 여자들이 알고 달려와 천막 옆에서 온 밤을 노래불렀다던데 참으로 그런 일이 있었던가?"

"여자들이 밤새도록 노래한 것이 아니라 늑대들이 울부짖은 거예요. 그곳은 늑대가 많기로 소문난 곳입니다. 기회만 엿보면서 우리를 잡아먹으려 한 거죠! 우리가 불을 한 무더기 피워놓고 그놈들을 겁주었죠, 그래서 먹히지 않은 거예요!"

사공 노인이 웃으며 말했다.

"참 묘하구먼. 사람들 말이 그른 데가 없어. 늑대는 처녀나 어린애, 열여덟 잘생긴 젊은이만 잡아먹는대. 우리 같은 늙은이는 절대로 안 먹지!"

둘째 도령이 말했다.

"아저씨, 아저씨는 여기서 2만 날이나 살아오셨잖아요. 듣기로는 여기 이 땅이 풍수가 좋아서 큰 인물이 난다 하던데 웬 영문인지 지금까지 나타나지 않았네요!"

"도령 말은 풍수가 좋으니 꼭 큰 인물이 나와야 한다는 겐가? 내 생각 같아선 여기 같이 작은 고장에서는 그런 사람이 나지 않아. 그래도 별 탈 없는 걸. 이 고장엔 똑똑하고 정직하고 용감하고 일 잘하는 젊은이들만 있으면 되지. 도령네 삼부자와 같은 사람들이 우리 이 고장을 얼마나 빛내고 있는데."

"아저씨, 옳은 말씀이세요. 저도 같은 생각이에요. 이 고장엔 나쁜 사람은 없고 착하고 좋은 사람들만 살지요. 아저씨 같은 분들 말입니다. 연세가 드셨지만 녹나무가 땅 위에 굳건하게 자라듯이 꿋꿋하게 살고 계시지요, 바르고 멋지게 말입니다. 정말 다시 찾기 힘든 훌륭한 분들이지요."

"나야 다 늙은 사람인데 말해 뭘해. 좋은 날 궂은 날 할 것 없이 무거운 짐 짊어지고 먼 길을 걸어왔을 뿐이지. 배불리 먹고 마시든 굶주리고 추위에 떨든 그냥 나한테 차려진 몫대로 살아왔지. 오래지 않아 이 몸도 저 차가운 땅에 묻혀 구더기 밥이 될 텐데. 이제 세상은 도령 같은 젊은이들 몫이지. 열심히 살면 세월이 젊은이들을 저버리지 않을 거야. 젊은이들도 세월을 저버리지 말아야겠지!"

"아저씨, 아저씨께서 이렇게 부지런하시니 저희 젊은이들도 세월을 저버릴 수가 없지요!"

한참을 이야기하더니 둘째 도령이 가려고 하였다. 사공 노인은 문앞에 서서 취취를 불렀다. 그녀더러 집에 와서 물도 끓이고 밥도 짓게 하고 자기는 대신 나룻배를 보려 했으나 취취는 강가에서 올라오려 하지 않았다. 그런데 손님이 벌써 내려와 배에 타 버렸다. 취취가 배를 끌려 하는데 할아버지가 짐짓 원망하듯 말했다.

"취취 네가 안 들어오면, 그래 날더러 집에서 며느리처럼 밥을 지으라는 거냐?"

취취가 손님을 곁눈질해 보니 손님도 자기를 보고 있었다. 그녀는 얼른 얼굴을 돌리고 입을 다물었다. 그리곤 태연한 척 밧줄을 당겼다. 나룻배는 서서히 맞은편 기슭으로 향하였다. 손님이 뱃머리에서 취취에게 말을 걸었다.

"취취, 밥 먹고 할아버지랑 뱃놀이 구경 안 가?"

취취는 잠자코 있기가 뭐해서 대답했다.

"할아버지 안 가신대요. 우리가 가면 이 나룻배를 볼 사람이 없대요!"

"취취는?"

"할아버지가 안 가시면 저도 안 가요."

"취취도 나룻배를 지켜?"

"전 할아버지랑 함께 있는 거죠."

"내가 한 사람 보내어 대신 나룻배를 맡게 하면 어떨까?"

쿵 하고 뱃머리가 강가 흙더미에 부딪히더니 배가 기슭에 닿았다. 둘째 도령이 기슭으로 뛰어올라 둔덕에 서서 말했다.

"취취, 수고했어……. 내가 돌아가서 사람을 보낼 테니 얼른 밥을 먹고 할아버지랑 함께 우리 집에 와서 구경해. 오늘 사람이 많아 북적댈 거야!"

취취는 이 낯선 사람의 호의가 뭔지 잘 알 수 없었다. 왜 꼭 자기 집에 가서 구경하라 하는지도 몰랐다. 그녀는 입을 다물고 조용히 웃었다. 그리고 나룻배를 돌렸다. 집 쪽 기슭에 배를 댄 후 문득 보니 그 사람이 강 건너 작은 산에서 누굴 기다리듯 떠나지 않고 있었다. 취취는 집으로 돌아와 아궁이에 불을 지폈다. 축축한 짚을 아궁이에 넣고는, 그 손님이 갖다준 조롱박의 술을 막 맛보고 있는 할아버지에게 물었다.

"할아버지, 아까 그분 하는 말이 돌아가서 사람을 보내 우리 대신 배를 보게 할 테니 뱃놀이 구경 오래요. 할아버지 가실래요?"

"너 가고 싶으냐?"

"함께 가면 전 좋고요. 그분은 참 좋은 사람인 것 같았어요. 그분을 알 것도 같은데, 누구죠?"

할아버지는 마음속으로 '그래 맞아. 그런데 그도 네가 좋단다.'라고 생각했다.

할아버지가 웃으며 말했다.

"취취, 재작년 강가에서 어떤 사람이 큰 물고기가 너를 물어갈 거라고 말했던 일 생각나니?"

취취는 그제야 생각났다. 그러나 짐짓 모르는 척하며 물었다.

"그런데 그게 누구예요?"

"생각해보렴, 맞춰봐."

"《백가성百家姓》* 책에 많고 많은 사람이 있는데 제가 그 사람이 장씨인지 이씨인지 어찌 알아요!"

"순순 선주네 둘째 도령이다. 그는 너를 아는데 넌 그를 모르는구나!"

할아버지는 술 한 모금을 넘기며 술 칭찬인지 사람 칭찬인지 이렇게 중얼거렸다.

"좋아, 용해. 참 대단한 일이지."

강을 건너려는 사람이 문밖 둔덕 밑에서 소리쳤다.

"좋아, 용해……"

할아버지는 여전히 같은 말을 중얼거리며 종종걸음으로 배 있는 데로 내려갔다.

- 《백가성百家姓》: 북송北宋 초기 전당錢塘의 한 유생儒生이 편찬한 서당의 교재. 중국의 온갖 성姓에 대해 수록하였다. 네 글자가 한 구句를 이루는 운문 형식으로 구성되어 암송과 기억에 용이하다. 원래 411개의 성姓을 수록하였는데 후일 504개로 보충되었다.

10

 밥 먹을 때 강 건너에서 어떤 사람이 사공을 불렀다. 취취가 먼저 내려가 배를 건너편으로 끌고갔다. 그제야 그 사람이 바로 순순 선주 댁에서 보낸 뱃사람이라는 걸 알았다. 그는 취취를 보자 말했다.

 "둘째 도련님이 밥 먹자마자 곧바로 오라고 하셨어. 도련님은 벌써 강에 내려갔어."

 할아버지를 보고 그는 또 말했다.

 "둘째 도련님이 식사하시자마자 곧바로 오시라는 뎁쇼. 도련님은 벌써 강에 내려갔어요."

 귀를 기울이니 멀리서 들려오는 북소리가 벌써 고조되어 있었다. 북소리는 그 좁고 긴 배를 연상케 했다. 장담에서 곧게 앞으로 나아갈 때 물 위에 그려진 길고 아름다운 파문. 참으로 재미있는 명절이다!

막 도착한 그 사람은 차도 안 마시고 뱃머리에 가 섰다. 취취와 할아버지가 밥을 먹으면서 그에게 한 잔 권했으나 그는 마다했다.

할아버지가 말했다.

"취취, 나는 가지 않을 테니 너하고 누렁이가 같이 가면 안 될까?"

"할아버지 안 가시면 저도 안 가요!"

"내가 간다면?"

"저는 워낙 안 가려 했지만 할아버지를 모시고라면 가겠어요."

할아버지는 미소를 지으며 말했다.

"취취, 네가 나를 모시고 간다 그거지. 좋아. 모시고 가거라."

"……."

할아버지가 취취와 함께 성 안의 큰 강가에 이르렀을 때 그곳은 벌써 서성이는 사람들로 붐비고 있었다.

보슬비는 이미 멎었으나 땅은 여전히 축축했다.

할아버지는 취취더러 강가 거리의 순순 선주 댁 다락집에 가서 구경하라고 하였다. 취취는 마치 뭔가 겁나기라도 하듯 그곳에 가기를 꺼려했다. 그녀는 그냥 강가가 좋았다. 둘이 강가에 서 있은 지 얼마 안 되어 순순 선주가 사람을 보내 그들을 데려갔다.

다락집엔 벌써 사람들이 적지 않았다. 아침에 강을 건널 때 취취의 눈길을 끌었던 그 시골 양반댁 마나님과 따님이 선주 댁 우대로 제일 좋은 창가를 차지하고 있었다. 취취를 보자 그 여자애가 말했다.

"와요, 이리 와요!"

취취는 쑥스러워하며 그리로 가서 그들 뒤에 놓여 있는 긴 의자에 앉았다.

얼마 안 되어 할아버지가 자리를 떴다.

할아버지는 용선 구경을 하지 않고 아는 사람에게 이끌려 상류 쪽으로 반 리 가량 떨어져 있는 새 방앗간의 물레방아를 보러 갔다. 사공 노인은 워낙 물레방아에 흥미가 많았다. 뒤로는 산이고 앞으로는 강이 바라보이는 곳에 작은 초가집 하나가 자리잡고 있었다. 초가 안에는 가로 축에 고정된 둥그런 돌판이 돌확 속에 비스듬히 놓여 있었다. 수문 꼭지를 뽑자 지하에 설치된 물레방아가 흐르는 물의 충격을 받아 돌면서 빠른 속도로 윗부분의 돌판을 돌렸다. 주인은 돌확에 곡식을 넣고 찧은 뒤 그것을 구석진 곳에 있는 체에 쏟아 체질하여 겨를 걸러냈다. 땅 바닥은 물론이고 하얀 수건을 머리에 질끈 동여맨 주인의 머리와 어깨 위에도 온통 겨 가루뿐이었다. 날씨가 좋으면 주인은 방앗간 앞뒤 자투리땅에 무, 야채, 마늘, 사계절 대파 같은 것을 심었다. 그리고 물

도랑이 터지면 바지 벗고 첨벙 강에 뛰어들어 돌멩이를 쌓아 터진 곳을 막았다. 물레방아 둑을 다 쌓아 작은 어량魚梁*을 만든 뒤 물이 조금 불었을 때 물고기가 절로 뛰어오르게 되면 그냥 물고기를 잡을 수도 있었다! 강가에서 방앗간 하나 운영하는 일이 나룻배를 맡아보는 것보다 훨씬 더 변화가 많고 재미있는 일이라는 것을 얼핏 보기만 해도 알 수 있었다. 그러나 나룻배나 다루는 사람이 방앗간을 넘본다는 것은 그야말로 망상이었다. 통상 방앗간이라는 것은 현지 부자들의 산업이다. 사공 노인을 데리고 간 사람은 방앗간 근처에 다다랐을 때 이 방앗간 주인이 누군지를 알려주었다. 둘은 구경을 하면서 이야기를 나누었다.

그 사람이 새 방아판을 발로 차며 말했다.

"산촌 사람들은 높은 산에 살면서 여기 큰 강가에다 일을 벌려놓길 좋아하지요. 이것은 산촌의 왕씨 자위단장이 차려놓은 건데 값은 1,000전짜리 동전으로 700꿰미 있어야 한다더군요!"

사공 노인의 작은 눈이 휘둥그래졌다. 그는 부러운 마음으로 다른 것들도 자세히 물어보거나 돌아보곤 했다. 이것저것 헤아리면서 가늠해보기도 하고 머리를 끄덕이며 방앗간의 물건 하나하나에 알맞은 평도 하였다. 나중에 둘은 채 완성되지 않은 흰 나무

* **어량魚梁** : 담을 쌓아 물을 막은 뒤 고기를 잡도록 해놓은 시설.

의자에 걸터앉았다. 그 사람은 방앗간 이야기를 하면서 아마 자위대장 딸이 시집갈 때 이것을 혼수로 가져갈 것이라고 말하였다. 그때서야 그는 취취가 생각났고 큰도령이 부탁했던 일을 떠올렸다.

"아저씨, 취취가 올해 몇 살이죠?"

"열네 살이 꽉 차서, 열다섯 살이 다 돼 가네 그려."

사공 노인은 이렇게 말한 뒤 마음속으로 지나간 세월을 헤아려보았다.

"열네 살 된 처녀애가 얼마나 솜씨가 좋아요! 훗날 취취를 데려가는 사람은 복이 터질 거예요!"

"무슨 놈의 복이 터져? 혼수로 가져갈 방앗간도 없는 빈 몸인데!"

"무슨 말씀이세요? 일 잘하는 사람 두 손이 방앗간 다섯 개쯤 될 텐데요! 낙양교洛陽橋도 노반魯般*이 두 손으로 만든 거잖아요!"

이런 말 저런 말을 하다가 그 사람이 웃자 사공 노인도 따라 웃었다. 그러면서 속으로 '취취도 두 손이 있으니 훗날 낙양교를 만들라지. 그것 참 신기하겠군!' 하고 생각했다.

● 노반魯般(기원전 507~기원전 444) : 토목 건축에 능하였던 고대의 인물. 낙양교를 세웠다고 한다.

한참 지나 그 사람이 다시 입을 열었다.

"다동의 젊은이들은 눈이 밝아 색시 고르는 데도 이만저만이 아니지요. 아저씨, 아저씨가 저한테 별다른 생각을 갖지 않으신다면 농담 삼아 제 말 들어보세요."

"무슨 농담인데?"

"아저씨가 달리 생각하지 않으신다면 이 농담을 참말로 들으셔도 돼요."

그러더니 순순 선주 댁의 큰도령이 사람들 앞에서 취취 칭찬을 참 많이 한다고, 또 자기한테 부탁하여 사공 노인의 눈치를 살피게 하였다고 이야기했다. 그는 사공 노인에게 큰도령과 얘기했던 상황을 옮겨주었다.

"제가 도령한테 물었지요. '큰도령, 지금 하는 말이 진담인가 아니면 농담인가?' 하니 '저 대신 가서 노인장의 눈치를 살펴주세요. 그리고 제가 취취를 좋아하는 건, 그를 데려오고 싶어하는 건 진심이에요!' 라고 하더군요. 그래서 제가 또 '난 말재주라곤 없는 놈인데 그런 말을 잘못 전했다가 뺨이라도 한 대 맞으면 어쩔 건데?' 했더니 '맞는 게 두려우면 먼저 농담 삼아 건네보세요, 그러면 맞지 않을 겁니다!' 라고 하더군요. 그래서 아저씨, 저 지금 이 말을 농담 삼아 하는 겁니다. 잘 생각해보세요. 초아흐렛날 그가 사천 동쪽에서 돌아오면 제가 그에게 뭐라 말해야 할까요?"

사공 노인은 지난번 큰도령이 직접 했던 말이 떠올라 그의 말이 참말이며 순순 선주도 취취를 좋아한다는 걸 잘 알고 있었다. 그는 속으로 기뻤다. 그러나 이런 일은 이 고장 관습대로 하려면 본인이 과자 따위를 들고 직접 벽계저 집으로 찾아와서 말씀드려야 정중히 처사處事하는 게 된다. 사공 노인은 대답했다.

"그가 돌아오면 이렇게 말하게. 늙다리가 농담을 다 듣고 나서 농담으로 하는 말이 '차는 차 달리는 찻길이 있고 말은 말 달리는 말길이 있듯 각자 가는 길이 다른 법. 큰도령이 찻길을 택한다면 마땅히 아버님이 나서서 중매쟁이를 내세워 정식으로 혼삿말을 해야 할 것이요, 말길을 택한다면 자신이 나서서 강 건너 높은 언덕 위에서 취취를 위해 3년 반* 동안 노래를 불러야 한다'고 말하더라 전해주게."

"아저씨, 만약 3년 반 동안 노래를 불러 취취의 마음을 움직일 수 있다면 저라도 당장 내일부터 노래를 부르겠어요."

"자네 생각엔 취취가 좋다 하는데 내가 마다할 것 같은가?"

"아니에요. 저희들 생각엔 노인장이 승낙을 하시면 취취가 그냥 따를 것 같은데요."

"그렇게 말해선 안 되네. 이건 취취의 일일세!"

- 3년 반 : 심종문의 주석에 의하면 상서 사람들의 노랫말에서 '3년 반'은 실제 숫자가 아니라 '오랜 기간'을 뜻하는 허수虛數라고 한다.

"그녀의 일이긴 합니다만 아저씨께서 주관하실 일이죠. 해가 뜨나 달이 뜨나 3년 반 노래 불러주는 게 아저씨 말씀 한 마디보다 못하다는 걸 다들 알거든요!"

"정 그렇다면 이렇게 해보자고. 큰도령이 사천 동쪽에서 돌아오면 아버님께 분명히 말씀드리고, 그리고 나는 말이지, 먼저 취취한테 묻는 걸세. 취취가 만일 3년 반 동안 노래를 들어야만 직성이 풀려 그 노래하는 사람을 좋아할 것 같으면 내 다시 자네를 불러 큰도령더러 구불구불 가기 힘든 말 길을 택하라고 권하도록 하겠네."

"그게 좋겠어요. 그를 보면 이렇게 말할게요. '큰도령, 그 농담은 이미 전했네. 그러니 참말은, 이제 도령의 운명에 맡겨야 할 것 같네.' 하고 말이지요. 진짜 그의 운명이 어떤가는 두고봐야 알겠지만 그것이 노인장 손에 쥐어져 있음은 너무 자명한 일이죠."

"여보게, 아우님. 그렇게 말할 일이 아닐세. 만일 이 일이 참으로 내가 좌우할 수 있는 일이라면 내 당장이라도 좋다고 할 걸세."

둘은 말을 마치고 순순 선주가 새로 사들인 선실 3개짜리 배를 보러 다른 데로 갔다.

이때 강가 거리의 순순 선주 댁 다락집에서는 이런 일이 벌어지고 있었다.

취취는 그 시골 양반댁 계집애가 불러 그 곁으로 갔다. 자리가 참 좋아서 창문으로 바라보면 강 위의 모든 것이 한눈에 들어왔다. 그럼에도 그녀의 마음은 왠지 불안하기만 하였다. 다른 창가에 한데 몰려 구경하는 사람들이 강의 풍경을 보다가는 자주 시선을 이쪽으로 돌려 이곳의 몇 사람을 눈여겨보는 것만 같았다. 어떤 사람들은 무슨 볼일이라도 있는 듯 일부러 이쪽 옆을 지나 저쪽으로 가곤 하는데 실은 취취네 쪽 사람들을 자세히 보기 위해서였다. 취취는 마음이 영 불편했다. 그래서 딴 곳으로 빠져나갈 궁리만 하고 있었다. 얼마 안 되어 강 아래쪽에서 포성이 울렸다. 맞은편 강쪽에서 일 열로 줄지어 있던 용선들이 일제히 이쪽으로 달려왔다. 처음엔 배 네 척이 나란히 달렸는데 마치 네 개의 화살이 수면 위로 발사된 것 같았다. 반쯤 왔을 때, 그중 두 척이 앞서고 다시 조금 지나자 두 척 중의 한 척이 나란히 가던 배를 앞질렀다. 배가 세관 앞에 당도하자 또 포성이 울렸다. 그 배가 승리한 것이다. 강가 거리 쪽의 배가 이겼다고 판명되자 사방에서 축하의 폭죽 소리가 일제히 들려왔다. 그 배가 이 거리의 다락집들을 끼고 미끄러져가자 북소리가 둥둥 울리고 강가와 다락집들에서 기분 좋은 축하의 함성이 터졌다. 취취가 바라보니 붉은 천을 머리에 질끈 동여맨 채 뱃머리에 서서 작은 깃발을 흔들며 지휘하는 그 젊은이가 바로 그날 조롱박 술병을 돌려주려고 벽계

109

저로 찾아왔던 둘째 도령이었다. 3년 전의 옛일이 마음속에 떠올랐다.

"큰 물고기가 잡아먹을라!"

"잡아먹든 말든 무슨 상관이에요!"

"누렁아, 짖더라도 사람을 봐가며 짖어!"

누렁이가 생각났다. 그제야 취취는 곁에 있던 누렁이가 어디론가 사라져버린 걸 깨닫고 얼른 자리를 떴다. 다락집 곳곳을 살피다 보니 배 위의 사람은 잊고 말았다.

그녀가 사람들 틈에서 누렁이를 찾고 있는데 사람들이 서로 주고받는 말소리가 들려왔다.

얼굴 큰 아낙이 물었다.

"뉘 집 사람인데 선주 댁에서도 제일 좋은 가운데 창가에 앉았대요?"

"산촌에 사는 왕씨 양반댁 큰 딸이래요. 오늘 용선 구경을 왔다지만 실은 사람도 보고 또 그 사람에게 자기를 보여주려고 겸사겸사 온 거래요! 참, 누구는 팔자가 좋아 복을 받았지, 그런 좋은 자리를 차지하고."

다른 한 아낙이 물었다.

"누굴 보고 또 누구한테 보여주려고 왔대요?"

"에그, 아직도 몰라요! 그 산촌에 사는 양반댁이 순순 선주 댁과 사돈을 맺자는 거래요."

"그 처녀가 도대체 누구한테 시집간다는 거예요? 큰도령 말이에요, 아니면 둘째 도령 말이에요?"

"둘째라던데요. 기다려봐요, 좀 있다 그 악운이 장모님 뵈러 다락집으로 올라올 거예요!"

다른 여인이 끼어들었다.

"일이 성사만 되면 참 좋겠네! 새 방앗간을 혼수로 한다던데 그렇다면야 일꾼 열 두는 것보다 낫지."

옆에서 누군가가 물었다.

"둘째 도령은 어떻대요? 좋다 한대요?"

누군가가 소리를 낮춰 말했다.

"둘째 도령은 이미 말했대요. 만나볼 필요 없다고. 우선 방앗간 주인이 되고 싶지 않다고 했대요!"

"악운 도령이 직접 말하는 걸 들은 거예요?"

"다른 사람한테서 얻어들었어요. 그리고 또 나룻배 사공이 좋다나 뭐라나 하더라는군요."

"바보도 아닌데 방앗간을 마다하고 나룻배를 갖겠다 말하다니!"

"그걸 누가 알겠어요. 아무튼 사람은 '쇠고기에 부추를 볶는 데에도 다 제멋이다' 하는 격이지. 각자 입맛에 맞는 대로 골라 먹으면 되겠지요. 나룻배가 방앗간만 못하다고 할 수만은 없잖아요!"

모두들 강 쪽을 바라보며 한담을 하다보니 뒤에 취취가 서 있는 걸 누구도 눈치채지 못했다. 취취는 얼굴이 화끈거려 딴 곳으로 자리를 옮겼다. 그런데 또 다른 두 사람이 나누는 말이 그녀의 귓전에 흘러들었다. 누군가 말했다.

"모든 게 다 준비되어 있고 그저 둘째 도령이 좋다는 말 한 마디만 하길 기다린다는데."

다른 이가 말했다.

"둘째 도령이 오늘 저렇게 기운내는 걸 보면 짚이는 데가 있지. 그 힘은 강가에 있는 한 예쁜 색시*가 준 거라고!"

둘째 도련님한테 힘을 준 예쁜 색시가 누구람? 예까지 듣고 난 취취는 마음이 좀 혼란스러웠다.

취취는 키가 작은 편이라 사람들 뒤에서 강 쪽의 광경을 볼 수가 없었다. 다만 북소리만 더 가깝고 더 격렬하게 들려올 뿐이었다. 강가의 함성도 먼 데서부터 가까워지므로 취취는 둘째 도련

● 예쁜 색시 : 원문에는 '황화고낭黃花姑娘'으로 되어 있다. 중국 민간에서는 결혼 안 한 젊은 아가씨를 "황화꾸냥黃花姑娘[중국어]"이라고 불렀다. 전하는 말에 의하면 옛날에 젊은 아가씨들이 치장을 할 때 이마나 볼에 노랑색 꽃무늬를 그리거나 노랑 색종이를 꽃 모양으로 오려서 얼굴에 붙였다고 한다. 황화는 국화를 가리키는데 국화는 추위를 견뎌내고 지조를 지키는 상징으로, 젊은 아가씨를 '황화꾸냥'이라 함은 아직 결혼 안 한 순결한 아가씨임을 뜻한다. 여기에서는 그냥 '예쁜 색시'로 옮겼다.

님 배가 막 다락집 밑을 지나고 있음을 알게 되었다. 다락집 안의 사람들이 함성을 지르는데 그 속에는 둘째 도련님의 이름을 부르는 소리도 섞여 있었다. 그 시골 양반댁 마님 쪽에서도 누군가가 연발 폭죽을 터뜨렸다. 홀연 또 다른 감탄의 함성이 터지며 많은 사람들이 문밖을 나가 강가로 내려갔다. 무슨 일이 일어났나 의아해하며 취취는 원래 자리로 돌아가야 할지 아니면 그냥 여기 남들 뒤에 서 있어야 할지를 몰라하고 있었다. 그때 저쪽에서 어떤 사람이 쟁반을 받쳐 들고 와서 거기에 담긴 종자며 과자 따위를 그 양반댁 마님과 따님에게 권하는지라 다시 그리로 가기가 멋쩍어졌다. 그래서 대문을 비집고 나가 강가에 내려가보기로 하였다. 거리의 소금가게 옆길을 통해 강가로 내려갈 때 바로 다락집 기둥 사이에서, 마주오는 한 떼의 사람들을 만났다. 그들은 머리에 빨간 천을 동여맨 둘째 도련님을 에워싸며 오고 있었다. 알고 보니 둘째 도련님은 발을 헛디뎌 물에 빠졌다가 강가로 기어올라온 것이었다. 취취가 얼른 비켜섰으나 길이 너무 좁은지라 마주오는 사람들과 팔꿈치를 부딪쳤다. 취취를 본 둘째 도련님이 먼저 입을 열었다.

"취취 왔구나. 할아버님도 오셨어?"

취취는 그때까지도 얼굴이 그냥 빨갛게 상기된 채 말을 안 하고 속으로 '누렁이는 어디 갔지?' 하는 생각만 했다.

둘째 도련님이 또 물었다.

"왜 우리 다락집에 가서 보지 않고? 취취한테 좋은 자리를 마련해주라고 시켜놨는데."

그러나 취취는 '방앗간을 혼수로 하다니 참 해괴한 일도 있네.' 하고 속생각을 할 뿐이었다.

둘째 도련님은 취취를 억지로 자기 집으로 끌고갈 수는 없는지라 그냥 그렇게 헤어졌다. 강가에 다다른 취취의 작은 가슴 속은 뭐라 설명하기 어려운 어떤 것으로 가득 찼다. 근심일까? 아니다! 슬픔일까? 그것도 아니다! 그렇다면 기쁨일까? 아니다. 그녀를 기쁘게 할 일이 뭐가 있겠는가? 화가 난 것이리라. 그런 것 같다. 그녀는 마치 누구한테 화가 나 있는 듯도 했고 또 자기한테 화가 나 있는 것 같기도 했다. 강가엔 사람 천지였다. 부둣가, 얕은 물에도 사람이요, 배의 돛대, 뜸* 위에도 사람이요, 다락집 기둥 위에도 사람들이라 그야말로 사람 없는 곳이 없었다.

취취는 혼자 입속말로 중얼거렸다.

"사람이 많기도 하지. 뭐 세 발 달린 고양이라도 있나?"

혹시 배 위에서 할아버지를 찾을 수 있을까 하여 사방을 둘러보며 헤매었으나 헛물만 켰다. 할아버지는 그림자조차 보이지

---

* 뜸 : 뜸막이라고도 하며 띠, 부들, 갈대 따위로 엮어 엉성하게 만든 거처. 흔히 작은 배 위에 선실처럼 이것을 만들어놓는다.

않았다. 그녀는 사람들 사이를 비집고 강가로 나갔다가 한눈에 자기 집 누렁이를 발견하였다. 누렁이는 순순 선주댁 일꾼과 함께 강가에서 조금 떨어진 곳에 정박해 있는 빈 배 위에서 떠들썩한 광경을 바라보고 있었다. 취취가 두어 번 큰 소리로 부르자 누렁이는 귀를 벌쭉 치켜들고 사방을 두리번거리더니 텀벙 물에 뛰어들어 취취 쪽으로 헤엄쳐왔다. 취취 가까이에 왔을 때 누렁이는 흠뻑 젖어 있었다. 누렁이는 부르르 몸을 떨며 물기를 털어내고는 껑충껑충 신나게 뛰었다.

"됐어, 미친 것처럼 왜 이래? 배가 뒤집힌 것도 아닌데 물에는 왜 들어가?"

취취는 누렁이와 함께 할아버지를 찾으러 다니다가 강가 거리의 한 목재상 앞에서 우연히 할아버지를 만났다.

"취취야, 난 방앗간을 구경하러 갔었단다. 방아판도 새 거고 물레방아도 새 거고 지붕에 이엉도 새로 이었단다! 둑을 쌓고 물을 막아 물살이 셌어. 수문 꼭지를 뽑으면 물레방아가 팽이처럼 막 돌아가더라고."

사공 노인의 말에 취취는 일부러 모르는 척하며 물었다.

"누구 거래요?"

"누구 거냐고? 산촌에 사는 왕씨 자위단장 거라더구나. 듣자 하니 그분이 따님 혼수로 장만한 거라던데 참 번듯하더라. 일삯까지 합치면 1,000전짜리 동전 700꿰미가 들었대. 풍차니 집기니 하는 걸 빼고도 말이지!"

"누가 그 집 따님을 데려간대요?"

할아버지는 취취를 바라보며 객쩍게 웃었다

"취취야, 큰 물고기가 널 물어간다, 큰 물고기가 널 물어가."

취취는 이 일을 어느 정도 이미 알고 있었지만 모르는 척 시치미를 떼고 물었다.

"할아버지 누가 그 방앗간을 갖는대요?"

"악운 둘째 도령이야!"

대답하면서 할아버지는 또 혼잣말로 중얼거렸다.

"어떤 사람은 둘째 도령이 그 방앗간 얻는 걸 부러워하고, 다른 사람은 방앗간 그 집에서 둘째 도령을 맞아들이는 걸 부러워하더라고."

"누가 부러워해요? 할아버지가?"

"내가 부러워하지."

할아버지는 웃으며 말했다.

"할아버지 취하셨어요."

"하지만 둘째 도령은 네가 예쁘다고 칭찬하던데."

"할아버지 취하셔서 어디 잘못 되신 것 아니에요?"

"난 취하지도 않고 잘못 되지도 않았어."

할아버지는 계속 말을 이었다.

"가자. 우리 강가에 가서 저들이 오리를 풀어놓는 거나 구경하자꾸나."

그는 또 이렇게 말하고 싶었다. '둘째 도령이 오리를 잡으면 또 우리한테 줄 텐데.'라고.

그런데 그 말을 하기도 전에 둘째 도령이 이들 쪽으로 걸어왔다. 그는 취취 앞에 서서 미소를 지었다. 취취의 얼굴에도 미소가 떠올랐다.

셋은 다락집 이층으로 올라갔다.

11

 벽계저로 선물을 들고 찾아온 사람이 있었으니, 부두를 관장하는 순순이 아들을 위해 사공 노인과 사돈을 맺고자 중매쟁이를 청해서 보낸 것이었다. 사공 노인은 마병馬兵 양씨楊氏*의 손에 붉은 색 종이로 싼 과자가 들려 있는 것을 보고는 서둘러 그를 나룻배에 태워 강을 건넌 뒤 함께 집으로 향했다. 문앞에서 완두를 까고 있던 취취는 손님한테 별다른 신경을 쓰지 않는 모습이었다. 그러나 손님이 집에 들어서며 "축하해, 축하해."라고 말하자 왠지 마음이 착잡해져 그냥 문가에 있지를 못했다. 그녀는 채소밭에 들어간 닭을 쫓는 척 대나무 삿대를 휙휙 휘저으며 낮은 목

● 양씨楊氏 : 양 yáng[중국어].

소리로 뭐라고 중얼거리고는 집 뒤 흰 탑 쪽으로 달려갔다.

양씨는 이 얘기 저 얘기를 하다가 나중에야 본론으로 들어가 순순의 생각을 전했다. 사공 노인은 어떻게 대답하면 좋을지 몰라 당황스러워 하며 그저 굳은살이 박인 두 손을 마주 비벼댈 뿐이었다. 마치 어찌 이런 일이 실제로 일어날 수 있느냐는 듯한 모습이었다. 그 기색을 봐서는 "좋지, 좋지." 하고 말하는 듯했지만 노인은 아무런 말도 입 밖에 내지 않았다.

양씨는 말을 마치자 할아버지 생각은 어떠냐고 물었다. 사공 노인은 웃으며 고개를 끄덕였다.

"큰도령이 찻길로 가겠다는 거로군. 그것 참 좋아. 그런데 내가 취취한테 물어봐야 할 텐데, 그애 생각이 어떨지 말야."

손님을 보내고 난 뒤 할아버지는 뱃머리에 서서 할 말이 있다며 취취더러 강가로 내려오라 했다. 취취는 완두가 담긴 키를 들고 강가로 내려와 배에 탔다. 그러고는 응석 어린 소리로 할아버지에게 물었다.

"할아버지 무슨 일이에요?"

할아버지는 말없이 웃음을 띤 채 백발이 성성한 머리를 돌려 취취만 오래오래 바라보았다. 취취는 뱃머리에 앉아 고개를 숙이고 완두를 까며 멀리 대나무 숲에서 들려오는 꾀꼬리 울음소리를 들었다.

'날이 길어지니 할아버지 말씀도 길어지는구나.'

이런 생각을 하고 있는 취취의 가슴은 콩닥콩닥 뛰었다.

한참이 지나서야 할아버지가 말했다.

"취취야, 금방 그 아저씨가 뭘 하러 왔는지 알겠니?"

"몰라요."

취취는 얼굴은 물론 목까지 새빨갛게 되었다.

할아버지는 그 모습을 보고 취취의 마음을 알 수 있었다. 고개를 들고 멀리 바라보는 할아버지의 눈에는 15년 전 취취 엄마의 모습이 물안개 속에서 희미하게 보였다. 사공 노인의 마음은 유난히 부드러워졌다. 그는 들릴락 말락한 소리로 혼자 중얼거렸다.

"그래, 배는 부두가 있어야 하고 새는 둥지가 있어야 하는 법이지."

할아버지는 불쌍한 애 엄마의 옛날 일들이 생각나 마음이 알알하게 아파왔다. 그래도 그는 억지로 웃어 보였다.

이때 취취는 산 속에서 들려오는 꾀꼬리, 두견새 울음소리와 벌목하는 사람들이 '쩍! 쩍!' 하고 대나무 찍는 소리를 들으며 여러 가지 일들을 떠올렸다. 호랑이가 사람을 물어갔다는 이야기, 서로 욕을 할 때 부르는 네 구절의 산가山歌*, 제지소의 네모난 흙구덩이, 철공소 용광로에서 흘러나오는 쇳물……. 그녀는 마치 자

- 산가山歌 : 중국 남방의 농촌이나 산촌에서 유행했던 길이가 짧고 자유로운 리듬의 민간 가요.

신이 귀로 들은 것, 눈으로 본 것들을 죄다 다시 되새겨보는 듯했다. 그녀가 이렇게 하는 건 다만 눈앞에 다가온 한 가지 일을 잊고자 함인 것 같았다. 하지만 그녀는 실은 뭔가 잘못 알고 있었다.

할아버지가 말했다.

"취취야, 순순 선주 댁에서 중매쟁이를 보냈는데 너를 며느리로 맞고 싶어한단다. 내 의중을 묻는데 나야 이젠 늙었고 몇 해 지나면 저 세상으로 가야 할 사람이라서 내가 마다할 일은 없어. 이건 네 일이야, 네가 생각해보고 답을 줘야 하는 일이란 말이다. 네가 원한다면 곧 성사될 거고 원치 않는다 해도 뭐 안 될 건 없어."

취취는 이 일을 어떻게 하면 좋을지 알 수가 없었다. 겉으로는 태연한 척했으나 두려운 마음으로 할아버지를 올려다볼 뿐 더 물어보기도 편치 않고 대답하기도 물론 어려웠다.

할아버지가 말을 이었다.

"큰도령은 앞날이 창창한 사람이야. 사람 됨됨이를 볼라 치면 정직하고 통이 크지. 네가 그 사람한테 시집가게 되면 팔자는 피는 거지!"

취취는 그제야 알게 되었다. 중매쟁이가 온 건 큰도련님을 위해서라는 사실을. 고개를 푹 숙이고 있는 그녀의 가슴이 심하게 뛰고 얼굴이 화끈화끈 달아올랐다. 그녀는 여전히 완두콩을 까면서 손이 가는 대로 빈 껍질을 물에 던졌다. 그것들이 물결 따라 유유히 떠내려가는 모습을 바라보며 그녀의 마음도 이내 차분해졌다.

취취가 잠자코 앉아만 있는 걸 보고 할아버지가 웃었다.

"취취야, 며칠 생각해도 안 될 건 없어. 낙양교는 하룻밤에 만들어진 게 아니야, 시일이 걸려야지. 전번에 양씨 아저씨가 나한테 이 말을 꺼냈을 때도 나는 이렇게 말했었단다. 차는 차 달리는 길이 있고 말은 말 달리는 길이 있듯, 각자 자기 길이 있는 법이라고. 그 아버지 주도로 중매쟁이를 내세워 정식으로 청혼하는 건 찻길이고 자기가 나서서 강 건너 높은 언덕 위 대나무 숲속에서 3년 6개월 동안 너를 위해 노래를 불러주는 건 말길이라고 말해주었지. 너 말이다, 네가 원하는 게 말길이라면 그 친구가 널 위해 햇빛 아래에서는 뜨거운 열정의 노래를, 달빛 아래에서는 부드러운 노래를 부를 거야. 마치 두견새처럼 피를 토하고 목구멍이 엉망이 될 때까지 말이다!"

취취는 아무 말도 하지 않았다. 그냥 울고 싶을 뿐이었다. 그러나 울어야 할 이유도 없었다. 할아버지는 이야기를 더 하다가 죽은 엄마에게로 화제를 돌렸다. 노인은 한참을 이야기하더니 조용해졌다. 취취는 살며시 고개를 돌려 할아버지를 바라보았다. 할아버지 눈에 눈물이 가득 고여 있었다. 취취는 놀랍고 두려운 목소리로 물었다.

"웬일이세요, 할아버지?"

할아버지는 아무 말도 없이 그 큼직한 손으로 눈물을 훔치고는 어린애마냥 웃으며 훌쩍 둔덕에 올라 집으로 향했다.

취취는 심란했다. 할아버지를 뒤쫓아가고 싶었으나 그렇게 하지는 않았다.

비가 그치고 하늘이 개자 햇볕이 약간 따갑게 사람들의 어깨와 등을 지졌다. 강가의 갈대와 수양버들, 채소밭의 야채들이 푸릇푸릇 싱싱하고 무성하게 야생의 기운을 과시하고 있었다. 풀숲에서는 푸른 메뚜기들이 이리저리 사방으로 날아다니는데 그것들이 날갯짓을 할 때마다 '칙-칙' 하는 소리가 났다. 나뭇가지에서 울어대는 새끼 매미들의 소리도 제법 크게 들려왔다. 눈이 시릴 정도로 짙푸른 대나무 숲에서는 꾀꼬리, 찌르레기, 두견새가 쉬지 않고 지저귀었다. 취취는 이 모든 것들을 마음으로 느끼고 눈으로 보고 귀로 들으면서 생각에 잠겼.

'할아버진 올해 칠순이야……. 3년 6개월 동안 노래를 한다고? 누가 또 흰 오리를 우리에게 주지? 방앗간을 얻는 이는 좋은 팔자라고, 그럼 방앗간은 어떤 주인을 맞아야 팔자가 좋은 거야?'

멍하니 앉아 있던 취취가 벌떡 일어섰다. 그 바람에 키에 반쯤 담겼던 완두콩이 키와 함께 강물에 쏟아지고 말았다. 손을 뻗쳐 물속에서 키를 건져내고 있을 때 강 건너에서 누군가 사공을 불렀다.

12

 이튿날 할아버지가 흰 탑 아래 채소밭에서 취취에게 어떻게 할 거냐고 재차 물었을 때 그녀의 가슴은 여전히 콩콩 뛰고 있었다. 그녀는 머리를 푹 숙인 채 응답은 안 하고 애꿎은 대파만 쥐어뜯었다.

 할아버지는 웃으며 속으로 생각했다.

 '더 기다려봐야겠군. 더 말했다간 파밭을 아주 엉망으로 만들겠어.'

 그러면서도 취취한테서 뭔가 이상한 게 느껴졌다. 그러나 더이상 묻지 않고 하려던 말을 삼킨 채 짐짓 우스운 농담을 하며 말을 딴 데로 돌렸다.

 날씨가 점점 더 무더워졌다. 곧 유월이 다가오려 할 즈음 사공 노인은 집의 한쪽 구석에서 온통 먼지를 뒤집어쓴 검은 항아리를 끄집어낸 뒤 한가한 틈을 타 나무판자 몇 개를 붙여 둥근 뚜껑을 만들었다. 또 나무를 잘라 항아리를 놓을 세 발 받침대를 만들었고 굵은 대나무 통을 잘 깎아 찻물을 퍼 마실 수 있도록 항아리 옆에 칡넝쿨로 매달아놓았다. 이 차 항아리를 문밖 강가에 옮겨놓은 뒤부터 취취는 매일 물을 한 솥씩 끓여 거기에 갖다부었다. 때로는 항아리에 찻잎을 보태고 때로는 밥 지을 때 생긴 누룽지를 식기 전에 갖다넣었다. 사공 노인은 또 예전처럼 설사, 복통, 피부의 물집, 부스럼 따위를 치료하는 풀뿌리나 나무껍질 같은 것들을 준비하여 집안 잘 보이는 곳에 두었다가 안색이 안 좋은 길손이 강을 건널 때면 종종걸음으로 가져다 건네주며 그것을 자기의 처방대로 써보라고 권유했다. 그러면서 이런 응급처방의 출처도 알려주었다(물론 이런 처방들은 모두 성 안의 군의軍醫나 무당들한테서 배워온 것이다). 노인은 하루 종일 두 어깨를 드러내고 뱃전에 서 있었다. 늘 머리에 아무것도 쓰지 않아 짧디짧은 백발이 햇빛 아래 은조각처럼 빛났다. 취취는 여전히 신나게 하루하루를 보냈다. 집 앞뒤로 뛰어다니며 노래를 부르거나 가만히 있을 때는 문앞의 높은 언덕 위 나무 그늘에서 대나무 피리를 불며 놀았다. 할아버지는 마치 큰도령이 청혼했던 일을 까맣게 잊은 듯했고 취취 또한 이 일을 일찌감치 잊은 듯했다.

그러나 얼마 지나지 않아 그 중매쟁이가 소식을 알아보러 또 찾아왔다. 종전대로 할아버지는 일의 여부를 전부 취취에게 미뤘고 중매쟁이는 그냥 되돌아갔다. 그러고는 또다시 취취와 얘기를 나눠보지만 여전히 결론이 나지 않았다.

사공 노인은 이 일이 도대체 어디에서 매듭이 지어져 있는지 알 수 없었다. 노인은 밤에 침대에 누워 혼자 깊은 생각에 잠기곤 했는데 무언가 어렴풋이 짚이는 데가 있었다. 취취는 큰도령이 아니라 둘째 도령을 좋아하고 있는 것 같았다. 이런 생각이 들자 사공 노인은 웃음이 절로 났다. 그것은 알 수 없는 두려움에서 나오는 어쩔 수 없는 웃음이었다. 사실 그는 걱정스러워졌다. 갑자기 취취의 모든 것이 엄마와 너무 닮았다는 생각, 이들 모녀의 운명이 같다는 느낌이 어렴풋하게 들었기 때문이었다. 지난 일들이 주마등처럼 뇌리에 스쳐 지나가며 그는 도저히 잠들 수가 없었다. 그는 홀로 문밖으로 나왔다. 기슭의 높은 언덕 위에 올라가 하늘의 별을 바라보며 강가에서 들려오는 베짱이와 온갖 풀벌레들의 비오는 듯 소란스런 울음소리를 듣고 서 있었다. 그는 오랫동안 잠들 수 없었다.

이런 할아버지의 마음을 취취는 알아채지 못했다. 이 작은 여자애는 하루 종일 장난치고 일하고, 또 신비하고 알 수 없는 그 무엇 때문에 작은 가슴을 두근두근 설레다가도 밤이면 단잠에 곯아 떨어졌다.

모든 것은 시간 속에서 변하게 마련이다. 이 집안의 조용하고 평범한 일상도 연이어 밀려오는 나날 속에서 벌어지는 여러 가지 일들로 인해 깨지고 있었다.

순순 선주 댁에서는 천보 도령의 일을 둘째가 알게 되었고 둘째 나송도 자신의 마음을 형에게 알렸다. 고락을 함께 한 두 형제는 알고 보니 모두 사공 노인의 외손녀를 사랑하고 있었던 것이다. 이런 일은 이 고장에서 그리 드문 일도 아니었다. 이곳 속담에 '불은 어디서든 타오를 수 있고 물은 어디서든 흐를 수 있으며 해와 달은 어디에도 비출 수 있고 사랑은 어디에도 이를 수 있다'라는 말이 있다. 돈 많은 선주 아들이 가난한 사공의 손녀를 사랑하는 것도 이곳에서는 별로 희한한 소식이 되지 않았다. 다만 한 가지 어려움이 있다면 그것은 형제 중 누군가가 이 여인을 아내로 맞아들인다고 할 적에 이곳 다동 사람들의 관습대로 피 흘리는 투쟁을 해야 하느냐, 마느냐 하는 것뿐이었다.

하지만 이들 형제는 이런 일로 칼부림까지 할 사람들이 아니었다. 그렇다고 도회의 나약한 남정네들처럼 애증의 갈림길에서 '사랑하는 이를 그냥 넘겨주는' 따위의 가소로운 짓거리를 할 사람들도 아니었다.

두 형제는 상류의 배 만드는 곳에서 자기 집의 새로 만든 배를 보고 있었다. 형은 새 배 옆에서 자신의 모든 생각을 동생에게 털어놓았다. 그리고 이 사랑은 이태 전에 벌써 시작된 것이라고 말했다. 동생은 미소를 띤 얼굴로 형의 말을 끝까지 들어주었다. 둘은 그곳을 떠나 강가를 따라 걷다가 왕씨 양반댁 새 방앗간까지 갔다.

형이 먼저 입을 열었다.

"아우야 넌 잘 된 거야. 자위단장의 사위가 되면 방앗간도 가지게 되고 말이지. 그런데 난 일이 성사되면 반드시 그 노인을 이어 나룻배를 끌어야 해. 하지만 난 그 일을 좋아해. 난 벽계저의 양쪽 산을 산 후 그 주변에 큰 대나무들을 심어 그곳 작은 강을 에워싸서 나의 성채로 만들 거야!"

둘째는 여전히 듣고만 있었다. 그는 손에 들고 있던 반달형 낫으로 길가의 풀과 나무를 되는 대로 베어버렸다. 방앗간에 이르러 동생은 발길을 멈추고 형에게 말했다.

"형, 그녀 마음속에 벌써 누군가가 있다면 형은 믿겠어?"

"난 안 믿어."

"형, 이 방앗간이 나중에 내 것이 된다면 형은 믿겠어?"

"난 안 믿어."

둘은 방앗간으로 들어갔다.

"형 그러지 마--- 형. 하나 더 묻겠는데 만약 내가 이 방앗간을 마다하고 그 나룻배를 넘본다면, 그리고 이런 생각을 나도 진작 이태 전부터 해왔다면 형은 믿겠어?"

형은 그 말에 깜짝 놀랐다. 방아판의 가로축 위에 앉아 있는 나송을 바라보며 아우가 농담하고 있는 게 아니라는 걸 알았다. 그는 아우 곁으로 다가가 어깨를 툭 치고는 그를 끌어내리려고 했다. 형은 이제야 모든 걸 알게 되었다. 형은 웃으며 말했다.

"믿는다. 네 말이 진담이라는 걸!"

아우는 형의 눈을 바라보며 진심을 털어놓았다.

"형, 나를 믿어, 이건 사실이야. 나는 벌써부터 그렇게 마음먹었어. 집에서 허락하지 않더라도 그쪽에서만 허락하면 나는 정말로 그곳에 가서 나룻배를 끌 참이었어! 말해봐. 형도 그래?"

"아버님은 이미 내 말을 듣고 성 안의 마병 양씨를 사공 노인에게 중매쟁이로 보내 혼담을 꺼내게 하셨어!"

형은 청혼 과정을 말하다가 혹시 동생이 자기를 어리석다고 비웃을 것 같아 중매쟁이를 보내게 된 이유를 설명하기를, 그 사공 노인이 찻길과 말길이 따로 있다 해서 자기는 차 달리는 길을 택한 것이라고 하였다.

"결과는?"

"아무 결과도 얻은 게 없어. 그 노인은 입에 자두를 물었는지 좀처럼 말을 분명하게 하지 않으니 참."

"말 달리는 길로 가보는 건 어때?"

"말 달리는 길은 그 노인 말로는 벽계저 맞은편에 있는 높은 언덕에 올라가 3년 6개월 동안 노래를 부르라는 거야. 노래를 불러 취취의 마음을 얻으면 내 사람이 된다는 거지."

"그거 나쁘지 않은 생각인데!"

"그래, 말 더듬이도 말은 못하지만 노래는 부를 수가 있지. 그러나 그런 일이 나한테는 해당되지 않아. 나는 찌르레기가 아니거든. 노래할 줄 모르잖아. 그 노인이 작심하고 손녀를 노래 잘하는 물레방아에게나 시집보내려는 건지 아니면 이 고장 관습대로 혼인을 시키자는 건지, 그건 귀신이나 알 노릇이지!"

"그래서 형은 어쩔 건데?"

"그 노인더러 실토하라고 할 거야. 사실대로 한 마디만 해주면 돼. 일이 안 되면 나는 배를 따라 도원桃源*으로 갈 거고, 만약 일이 되어서 날더러 나룻배를 끌라 하면 그렇게 하겠다고 대답할 거야."

"노래 부르는 건?"

"그건 네가 잘하는 일이지. 네가 가서 찌르레기처럼 노래하려거든 하려무나, 그런다고 네 입에 말똥을 집어넣지는 않을 테니."

아우는 형의 그런 모습을 보며 그가 이 일로 얼마나 고뇌하고 있는지를 알 것 같았다. 아우는 형의 성격을 너무나도 잘 알고 있

---

* 도원桃源 : 호남성 서북부에 위치한 도원현桃源縣. 동진東晉의 시인 도연명陶淵明이 그의 〈도화원기桃花源記〉에서 묘사한 낙원 무릉도원武陵桃源의 실제 무대이다.

었다. 그는 다동 사람 특유의 호방한 기질을 지니고 있어서 잘되면 자기 간이라도 선뜻 떼어주지만 일이 꼬이면 외삼촌일지라도 인정사정 봐주지 않는다. 형은 찻길이 실패하면 그뿐, 말길을 택할 생각은 아예 없었다. 그러나 아우의 솔직한 고백을 듣자 말길은 아우에게나 해당되는 것이지 자기에게는 그런 복이 없다고 여겼다. 때문에 그는 조금 괴롭기도 하고 화가 나기도 했다. 그는 그것을 감출 줄 몰랐다.

아우가 좋은 수를 생각해냈다. 두 형제가 달밤에 함께 벽계저로 가서 노래 부르되 형인지 동생인지 알리지 말고 둘이 번갈아 노래하자는 것이었다. 그러다가 누군가 저쪽의 허락을 받으면 노래로 이긴 그쪽이 계속 노래를 불러 그 사공의 외손녀를 즐겁게 해주자는 것이었다.

그런데 형이 노래를 잘 부르지 못하니 형의 차례가 오면 아우가 대신 노래 부르기로 하자는 것이었다. 둘이 운명대로 자기의 행복을 결정하는 것, 그것이 자못 공평하다는 것이었다. 아우가 이렇게 제안했을 때 형은 자기는 노래를 부를 줄 모르거니와 또 아우를 자기 대신 찌르레기로 삼고 싶지 않다고 했다. 그러나 아우는 시인 같은 기질이 있어서 형에게 자기가 말한 대로 하자고 졸랐다. 아우는 이렇게 해야만 모든 게 공평하다고 역설했다.

형은 아우의 제안을 생각해보더니 씁쓸하게 웃었다.

"제기랄! 난 찌르레기가 아닌데 너더러 그런 새가 되어 달라고 해야 한단 말이지! 좋아. 이렇게 해보자. 우리 각자 번갈아 노래를 불러보자고. 난 네 도움 같은 건 바라지 않아. 모든 건 내 힘으로 하는 거야. 숲속의 부엉이는 소리가 아름답지 못해도 짝을 찾을 때는 제 힘으로 노래를 부른단다. 남의 도움 받지 않고!"

둘은 이렇게 합의를 하고 나서 날짜를 따져보았다. 오늘은 14일, 내일은 15일, 모레는 16일이라, 연이은 이 사흘은 달이 휘영청 밝은 때이다. 날씨는 이미 한여름이라 밤에 춥지도 덥지도 않을 것이었다. 둘은 집에서 직접 짠 옷감으로 만든 적삼을 입고 달빛이 비추는 높은 언덕 위로 올라가 이곳의 풍습대로 진지하고 성실하게, 그 갓 태어난 송아지처럼 세상 모르는 어린 신부감에게 노래를 불러주기로 했다. 이슬이 내리고 목이 쉴 때쯤 그들은 은은한 새벽 달빛을 밟으며 집에 돌아갈 것이다. 때로는 밤새 일하는, 익히 아는 그 방앗간에 가서 포근한 곡식 창고 안에 누워 잠깐 눈을 붙이고 날이 밝기를 기다릴 것이다. 모든 게 다 자연스럽게 진행될 것이다. 결과가 어떻게 될지 둘은 알 수 없었다. 허나 이건 아주 자연스러운 일이었다. 둘은 그날 밤부터 이곳 사람들이 오래 전부터 해오던 방식대로 경쟁을 시작하기로 하였다.

13

 해질 녘, 취취는 집 뒤에 있는 흰 탑 아래에서 석양이 내려앉아 복숭아 빛으로 곱게 물든 옅은 구름을 바라보고 있었다. 14일은 산촌의 장날이었다. 성 안의 장사꾼들은 산촌에 가서 많은 산 속 물건들을 샀다. 그래서 나루를 건너는 이들이 특별히 많았다. 할아버지는 나룻배에서 쉴새없이 일을 했다. 날이 곧 어두워질 것 같았다. 다른 새들은 모두 쉬고 있는 듯했지만 두견새만이 쉴새없이 울어댔다. 하루 종일 열기에 시달린 돌과 흙, 풀과 나무들은 이맘때가 되면 그 열기를 도로 뿜어냈다. 공기 속에는 흙 냄새, 풀 냄새, 나무 냄새에다 갑충류甲蟲類의 냄새도 섞여 있었다. 하늘의 붉은 노을을 바라보며 나룻터의 떠돌이 장사꾼들이 지껄이는 소리를 듣노라니 취취의 마음은 약간 쓸쓸해졌다.

황혼은 여전히 부드럽고 아름다우며 고요했다. 그러나 혼자서 눈앞의 이 모든 걸 느껴본다면 이 황혼 속에서 조금은 쓸쓸해질 것이었다. 그리하여 이런 날은 괴로움으로 다가오기도 했다. 취취는 뭔가 있어야 할 것이 없는 듯 느껴졌다. 이런 날을 지나보내며 새로운 일에 열중하고 싶지만 그렇게 되지 않는 듯했다. 삶이 너무나도 평범하여 견디기 어려운 듯했다.

'나 배를 타고 도원현으로 가서 동정호를 지나갈 거야. 그러면 할아버지가 온 성이 떠나가라 징을 치며 나를 부르겠지. 초롱불 켜들고 나를 찾아다니실 거야.'

그녀는 마치 할아버지한테 일부러 화를 내듯 이렇게 마음 가는 대로 못된 생각을 해보았다. 자기가 집을 나가면 할아버지가 이런 방법 저런 방법 다 써가며 그녀를 찾아헤매다 찾지 못해 하는 수 없이 나룻배로 되돌아와 누워 있는 모습까지 상상해보았다.

사람들은 난리법석일 것이다.

"강을 건네주셔야지요, 강을. 할아버지 웬일이셔요. 이젠 손을 떼셨나!"

"왜들 야단이야! 취취가 집을 나가버렸네……. 도원현으로 갔다고!"

"그럼 할아버진 어떡해요?"

"어떡하긴? 칼을 보자기에 싸들고 배타고 내려가서 죽여버려야지!"

 취취는 이런 대화들이 참말로 들리는 듯했다. 그녀는 갑자기 무서운 생각이 들어 겁에 질린 목소리로 할아버지를 부르며 강가 나루터로 뛰어갔다. 가서 보니 할아버지는 나룻배를 강 한가운데로 끌어가고 있었고 배 위의 사람들은 한창 이야기를 나누고 있었다. 취취의 작은 심장이 팔딱팔딱 몹시 뛰었다.

 "할아버지, 할아버지. 배를 돌리세요!"

 영문을 모르는 사공 노인은 취취가 대신 배를 끌려고 그러는 줄로만 알았다.

 "취취야 조금 기다려라 곧 갈게!"

 노인은 말했다.

 "할아버지 배를 끌고 오시라니까요."

 "곧 간다니까!"

 취취는 강가에 앉아 강물 위에 드리워진 어스름한 저녁 풍경을 바라보았다. 나룻배에 탄, 강을 건너는 사람들의 모습도 눈에 들어왔다. 그 속에는 잎담배를 피우는 사람도 있었는데 부시로 담뱃불을 붙여 피우고 있었다. 그러면서 담뱃대를 뱃전에 대고 툭툭 치며 재를 털기도 했다. 취취는 느닷없이 울음을 터뜨렸.

 할아버지가 배를 끌고 돌아왔을 때 취취는 멍하니 강가에 앉아 있었다. 무슨 일이 있었냐고 물었으나 취취는 대답이 없었다.

할아버지는 얼른 가서 불을 지펴 저녁밥을 지으라고 당부했다. 생각해보니 취취는 방금 전 자기가 왜 울었는지 우스워졌다. 그래서 홀로 집으로 돌아와 어두컴컴한 아궁이 앞에 앉아 불을 지펴놓고 다시 문밖 높은 언덕 위에 올라서서 할아버지를 향해 이젠 집으로 돌아오시라고 소리쳤다. 자신이 하는 일에 조금의 소홀함도 없는 할아버지는 나루를 건너는 사람들 모두가 서둘러 성안으로 돌아가 저녁을 먹어야 할 사람들이라는 걸 잘 아는 터라 강가에서 오래 지체되지 않게 한 사람이라도 오면 바로 태워 건네주었다. 그래서 기슭으로 올라올 틈조차 없었다. 할아버지는 그냥 뱃머리에 서서 나중에 사람들을 다 건네준 뒤 집으로 가 저녁을 먹겠다고 말했다.

취취가 또 할아버지에게 사정했으나 할아버지는 대꾸도 안 했다. 언덕 위에 앉아 있던 취취는 그만 서글퍼졌다.

밤이 되었다. 커다란 반딧불이가 꼬리에 파란 빛을 반짝이며 빠르게 취취의 옆을 날아 지나갔다.

"얼마나 멀리 날아가나 보자!"

취취의 눈길은 그 빛을 따라갔다. 두견새가 또 울어대기 시작했다.

"할아버지 왜 안 올라오셔요? 전 할아버지가 있어야 해요!"

나룻배 위의 할아버지는 애교와 원망이 섞인 말을 듣고 거친 목소리로 대답했다.

"취취야 곧 간다, 곧 갈 거야!"

그러는 한편 마음 속으로 중얼거렸다.

'취취야 이 할애비가 없으면 너 어떻게 살아갈래?'

사공 노인이 집에 들어와보니 집안은 어두컴컴하고 아궁이에서만 불빛이 보였는데 취취가 손바닥으로 눈을 감싼 채 아궁이 옆의 낮은 걸상에 앉아 있었다.

다가가 보니 한참이나 울고 있었던 듯했다. 할아버지는 오후 내내 허리도 못 펴고 나룻배를 끌었다. 그렇게 일하고 조금 쉴라치면 손도 시큰하고 허리도 아팠다. 평소 같으면 집에 척 들어서자마자 솥에서 호박이나 야채가 익어가는 구수한 냄새가 풍기고 저녁상을 차리느라 취취가 등불 밑을 분주히 오가는 모습이 보였을 텐데 오늘은 뭔가 좀 달랐다.

"취취야 내가 좀 늦었어. 그렇다고 우는 게야? 어쩌려고 이러냐? 내가 죽기라도 하면 어떡할래?"

취취는 말이 없었다.

"울면 안 돼, 어른이 되면 어떤 일이 있어도 울어선 안 돼. 억세고 드세야만 이 땅에서 살아갈 자격이 있단다!"

취취는 눈가에서 손을 뗐다. 그리고 할아버지 곁으로 다가가며 말했다.

"안 울게요."

두 사람이 밥을 먹을 때 할아버지는 취취에게 재미있는 이야기를 들려주었다. 그러다 죽은 엄마 얘기가 나왔다. 두 사람은 콩기름 등잔 불빛 아래서 밥을 먹었다. 사공 노인은 일을 마치고 피곤했던 터라 술을 반 사발이나 마시고 나니 식후에 기분이 아주 좋았다. 그는 취취와 함께 문밖 높은 언덕 위로 올라가 달빛 아래서 이야기를 해주었다. 불쌍한 엄마가 얼마나 영리했고 또 그녀가 얼마나 성격이 강했는지를 말해주었다. 취취는 할아버지의 이야기에 취해 있었다.

달빛 아래 두 무릎을 껴안고 할아버지 곁에 찰싹 붙어 취취는 가엾은 엄마에 대해 이것저것 많이 물었다. 간혹 '후' 하고 한숨을 길게 내쉬며 가슴을 짓누르는 무거운 그 무엇을 멀리 날려버리고 싶었으나 그냥 한숨만 쉬어질 뿐 떨쳐낼 수가 없었다.

은색 달빛이 온 천지를 비추고 있었다. 산 위의 대나무 숲은 달빛 아래서 거무스름하게 보였다. 근처 풀숲에서 울어대는 벌레 소리는 떨어지는 빗소리처럼 들렸다. 간혹 어딘지 모를 곳에서 갑자기 꾀꼬리*가 '꾀꼴꾀꼴' 하고 목소리를 자랑했다. 잠시 후

● 꾀꼬리 : 원문에는 '초앵草鶯'으로 되어 있다. 꾀꼬리 과科에 속하는 새로 몸에 선명한 무늬가 있으며 꼬리가 검고 길다. 주로 인도 대륙, 중국 남방 등지에 서식한다.

이 작은 새는 지금 한밤중이라 떠들면 안 된다는 걸 아는 듯 그 작은 눈을 지그시 감고 조용히 잠들어버렸다.

밤새 할아버지는 기분이 매우 좋았다. 그는 취취에게 이야기를 계속했다. 20년 전 산성 사람들의 노래 풍습이 사천과 귀주貴州 시골 지역에서 얼마나 소문이 나 있었는지, 또 취취 아버지가 노래를 얼마나 잘했고 여러 가지 비유로 사랑과 미움의 한을 얼마나 잘 풀어냈는지도 들려주었다. 취취의 엄마는 또 어떻게 노래를 즐겼으며, 취취 아버지를 알기 전에 어떻게 한 사람은 산중턱 대나무 숲에서 벌목을 하고, 또 다른 한 사람은 강에서 나룻배를 끌면서 서로 사랑 노래를 주고 받았는지 하는 것들에 대해서도 이야기해주었다.

"나중에는 어떻게 되었나요?"

"나중 일에 대해서도 할 이야기가 많지. 가장 중요한 건 그들의 사랑 노래 속에서 네가 태어났다는 사실이야."

14

 사공 노인은 하루 종일 일하느라 피곤해서 잠들었고 취취도 울다 지쳐 곤히 잠들었다. 취취는 할아버지가 들려준 이야기들을 잊을 수가 없었다. 꿈속에서 그녀의 혼은 미묘한 노랫소리로 인해 둥둥 떠올라 이리저리 가볍게 날아다니다 흰 탑 위로 올라가기도 하고 채소 밭으로도 내려오기도 하고 나룻배 위로도 올라갔다. 그러다가 다시 떠올라 높은 언덕 중턱에 머물렀다. 뭘 하는 걸까? 호이초虎耳草*를 따고 있었다! 낮에 나룻배를 끌 때 그녀는 고개를 들어 언덕 위의 살찐 호이초를 바라보는 것이 습관이 되

---

* 호이초虎耳草 : 중국 남부, 한국, 일본 등지의 산야에 자생하는 상록 초본 식물. 범의 귀, 바위치, 석하엽石荷葉 등으로도 불린다. 잎모양이 호랑이 귀처럼 생겼다고 해서 호이초라고 한다. 관상용과 약용으로 두루 쓰이며 심종문이 특히 이 풀을 좋아했다고 한다.

었다. 언덕은 높이가 서너 길[약 9~12미터]은 족히 되어 평소에는 올라가 그것을 따기에 손이 닿지 않았다. 지금 이 시절에는 큰 잎 하나를 잘 따면 양산으로도 쓸 수 있었다.

모든 것이 할아버지가 전해준 이야기 같았다. 취취는 몽롱한 기분으로 거친 삼베 휘장 속 짚으로 된 깔개 위에 누워 있었다. 꿈은 참 아름답고 달콤했다. 할아버지는 그때 깨어 있었다. 노인은 귀를 기울여 강 건너 높은 언덕에서 누군가 한밤중에 부르는 노랫소리를 듣고 있었다. 그는 그 노래의 주인공이 누군지 알고 있었다. 강가 거리의 천보 큰도령이 말길에 첫 발을 내디딘 것이리라! 노인은 걱정도 되고 기쁘기도 한 마음으로 노래를 들었다. 취취는 낮에 울다 지쳐 잠에 푹 빠져 있었다. 노인은 그녀를 깨우지 않았다.

이튿날 날이 밝자 취취는 할아버지와 함께 자리에서 일어났다. 강물로 세수를 하고는 아침에 꿈 이야기를 하면 안 된다는 금기를 깨고 곧장 할아버지에게 지난밤에 꾼 꿈 이야기를 했다.

"할아버지, 할아버지가 어제 노래 이야기를 해주셔서 그런지 저 어젯밤 꿈속에서 정말 아름다운 노래를 들었지 뭐예요. 부드럽고 구성졌어요. 저 그 노랫소리를 따라 사방으로 날아다닌 것 같아요. 강 건너 높은 언덕으로 날아가서는 큰 호이초를 땄어요. 그걸 따서 누구에게 주었는지 모르겠지만, 저요 오랜만에 아주

달게 자고 재미있는 꿈도 꿨네요!"

할아버지는 측은해하며 따뜻한 미소만 지을 뿐 지난밤에 있었던 일을 말하지 않고 속으로 이렇게 생각했다.

'평생토록 꿈만 꾸면 더욱 좋을 게다. 꿈 속에서 재상도 되고 장원 급제하는 사람도 있다지 않더냐?'

사공 노인은 지난밤에 노래 부른 사람이 천보 큰도령이라고 생각했다. 낮에 그는 취취더러 나룻배를 지키게 하고 약을 갖다준다는 구실로 지난밤 일을 알아보기 위해 성 안으로 갔다. 강가 거리에서 큰도령을 만나자 노인은 그를 덥석 잡고 기분좋게 말했다.

"큰도령, 찻길로도 가고 말길로도 가겠다는 거지. 참 영악스러우네."

그러나 사공 노인은 한 가지 잘못 알고 있었다. 지난밤에 노래한 사람에 대해 '장씨 모자를 이씨가 쓴 것(張冠李戴)'처럼 오해하고 있었던 것이다. 지난밤에 이 두 형제는 함께 벽계저로 갔다. 형이 되어 찻길을 선점했다고 생각한 그는 자기가 먼저 노래부르지 않고 막무가내로 아우더러 먼저 부르라 하였다. 정작 아우가 노래를 부르자 형은 노래에서는 그의 상대가 되지 않는다는 걸 알고 더욱 입을 열 수가 없었다. 취취와 할아버지가 밤중에 들은

● 장씨 모자를 이씨가 쓴 것張冠李戴 : 갑을 을로 착각하는 것. 사실을 잘못 아는 것.

노래는 전부 나송 둘째 도령이 부른 것이었다. 아우와 함께 돌아오는 길에서 큰도령은 다동을 떠나기로 마음 먹었다. 그는 집에서 새로 장만한 기름배를 몰고 하류로 내려간다면 상류에서 벌어진 모든 일들을 잊을 수 있겠다고 생각했다. 지금 바로 강가에 내려가서 새 배에 짐 싣는 것을 보려던 참이었다. 차가운 얼굴을 하고 있는 그를 보자 사공 노인은 그의 속내를 알 수 없었다. 노인은 그저 눈썹을 찡그려 우스운 표정을 지으며, 큰도령이 일부러 냉정한 척하는 이유를 다 알고 있다는 것과 알려줄 만한 좋은 소식이 있다는 뜻을 전했다.

그는 큰도령을 툭 치며 조용히 말했다.

"노래를 참 잘 불렀어. 누구는 큰도령 노래를 꿈속에서 듣고 그 노래를 따라 참 멀리 날아갔었다고 하더군! 최고야, 우리 고장에서 노래를 제일 잘 부르는 사람이야."

큰도령은 사공 노인의 주름진 얼굴을 바라보며 역시 조용히 말했다.

"그만하세요. 할아버지 손녀는 노래 잘하는 찌르레기한테나 시집 보내세요."

이 말은 사공 노인을 어리둥절하게 만들었다. 큰도령은 어느 다락집의 통로로 해서 강으로 내려갔다. 사공 노인도 따라 내려갔다. 강가에 이르러서 보니 새 배에 한창 물건을 싣는 중이었고 많은 기름통들이 주위에 놓여 있었다. 한 뱃사람이 띠풀로 길다란 다발을 엮어 뱃전에 들이치는 파도를 막는 데 쓰이는 짚단을 만들고 있었고 또 한 사람은 강가에서 기름으로 노를 닦고 있었다. 노인은 햇볕 아래 앉아 짚단을 엮고 있는 그 뱃사람한테로 가서 배가 언제 떠나느냐, 누가 맡느냐고 물었다. 그가 손으로 큰도령을 가리켰다. 사공 노인이 손을 비벼대며 말했다.

"큰도령, 진짜 내 말 좀 들어보게. 도령이 찻길을 택한 건 안 되는 길이었지만, 하지만 말길로 가면 도령에게 연분이 있게 될 거네!"

큰도령이 손으로 창문 쪽을 가리키며 말했다.

"아저씨 저쪽을 보세요. 아저씬 찌르레기를 손녀 사위로 삼으시려는데 그 새가 바로 저기에 있습니다!"

사공 노인이 고개를 들어 그 쪽을 바라보니 둘째 도령이 창가에서 어망을 정리하고 있었다.

벽계저로 돌아와 나룻배에 오르자 취취가 물었다.

"할아버지 누구하고 다투셨어요? 안색이 너무 안좋으세요!"

할아버지는 싱긋 웃어 보였다. 그러나 성 안에서 있었던 일은 취취에게 한 마디도 하지 않았다.

15

 큰도령은 둘째 도령 나송을 집에 남겨둔 채 새 기름배를 타고 하류로 내려갔다. 사공 노인은 지난번에 들은 노랫소리가 둘째 도령이 부른 것이라면 이후 며칠 사이에 당연히 그 노래를 더 듣게 되리라고 생각했다. 그래서 저녁이면 일부러 다른 일거리를 만들어 취취더러 밤에 들리는 노랫소리에 귀를 기울이도록 했다. 두 사람은 저녁식사 후 집안에 앉아 있었다. 집이 물가에 있어서 해만 지면 다리가 길다란 모기들이 앵앵거리며 기승을 부렸다. 취취는 쑥다발에 불을 붙여 집안 구석구석을 돌며 휘휘 저어 모기를 쫓았다. 한참 휘젓고 나서 집안이 온통 쑥 연기로 가득할 거라 생각되자 취취는 침대 앞 땅바닥에 쑥 다발을 놓아두고 작은 걸상에 앉아 할아버지 이야기를 듣기 시작했다. 여러 이야기를 하다가 슬슬 노래 이야기로 넘어갔는데 할아버지는 그걸 솜씨 있게 엮어나갔다. 좀 지나자 할아버지가 물었다.

"취취야, 꿈속에서 들은 노래가 너를 높은 언덕으로 올라가게 해서 호이초를 땄다고 했지? 만일 진짜로 누가 강 건너 높은 언덕에 와서 너를 위해 노래부른다면 어쩔래?"

할아버지의 말은 농담처럼 들렸다. 취취도 농담처럼 대답했다.

"누군가가 노래를 불러주면 끝까지 들어주지요. 다 부를 때까지 언제까지라도!"

"3년 6개월을 부른다면?"

"잘 부르면 저도 3년 6개월 들어주지요."

"그건 심하잖아."

"왜요? 저를 위해 노래를 불러주는 사람은 제가 오래오래 들어주는 걸 원하지 않아요?"

"이치대로 말하자면 요리는 사람이 먹으라고 하는 것이고 노래는 사람이 들으라고 부르는 것이겠지만 누군가가 노래를 불러준다는 건 네가 그 노래 속의 참 뜻을 알아달라고 그러는 거지!"

"할아버지, 노래 속의 무슨 뜻을 알라는 거예요?"

"당연히 너와 좋게 지내고자 하는 그 사람의 마음이지! 그 마음을 몰라준다면 찌르레기의 노래를 듣는 거나 다를 게 없지 않겠니?"

"제가 그 사람의 마음을 알면 어떻게 되는데요?"

할아버지는 주먹으로 자기 다리를 힘있게 내리치며 웃었다.

"취취야, 넌 참 착한 애야. 할아버지는 정말 미련하구나. 말도 부드럽게 제대로 못하고 말이지. 화내지 마. 그냥 하는 말이니까 농담으로 들어. 강가 거리 천보 큰도령이 찻길을 택해 중매쟁이를 내세워 청혼했다는 말은 이미 너한테 했었지. 네 얼굴을 보니 달가와하지 않는 표정이었어, 그렇지? 그런데 그 사람한테 아우가 있어 말길을 택했다면, 그래서 널 위해 노래를 불러 청혼한다면 너 어쩔래?"

취취는 깜짝 놀라며 고개를 숙였다. 이 농담에 진담이 얼마나 섞였는지, 또 이 농담은 누가 만들어낸 것인지 알 수 없었기 때문이었다.

"말해봐, 누구를 원하니?"

할아버지가 물었다.

"할아버지, 그런 농담은 그만하세요."

취취는 미소를 머금고 애걸이라도 하는 듯한 표정으로 말하고는 일어섰다.

"내 말이 진담이라면?"

"할아버지도 참……."

취취는 밖으로 나갔다. 할아버지가 말했다.

"그래, 농담이야, 너 나한테 화난 게냐?"

취취는 할아버지께 화낼 엄두를 내지 못했다. 그녀는 문지방에 이르러 말을 다른 데로 돌려버렸다.

"할아버지, 달 좀 보세요. 엄청 크네요!"

그러고는 밖으로 나가 맑은 달빛을 그대로 받으며 서 있었다. 잠시 서 있자니 할아버지도 밖으로 나왔다. 취취는 한낮의 강렬했던 햇볕에 뜨겁게 달구어진 바위 위에 앉았다. 바위는 한낮에 담아두었던 열기를 한창 뿜어내고 있었다.

"취취, 뜨거운 돌 위에 앉지 마. 종기 생길라."

할아버지는 그렇게 말하더니 자신은 손으로 만져보고 그 자리에 앉았다.

달빛이 너무 부드러웠다. 강물 위에는 옅고 흰 안개가 끼어 있었다. 이때 만일 강 건너에서 누군가 노래부르고 이쪽에서 누군가 화답을 한다면 실로 아름다운 밤이 될 것이다. 취취는 할아버지의 농담을 기억하고 있었다. 귀도 안 먹었고 할아버지 말씀은 분명했다. 아우가 말길을 택해 노래로 이런 밤을 보내고 있다면 어떤 모습일까? 그녀는 마치 그런 노랫소리를 기다리기라도 하듯 오랫동안 잠자코 있었다.

그렇게 그녀는 달빛 아래 한참을 앉아 있었다. 진심으로 한 사나이의 노래를 원하면서. 그러나 시간이 흘러도 건너편에서는 풀

벌레들의 합창 소리만 맑게 들려올 뿐 다른 소리는 전해오지 않았다. 취취는 집으로 가 문간에 놓인 갈대 피리를 찾아들고 나와 달빛 아래서 혼자 불었다. 그러나 잘 되지 않아 할아버지에게 불라고 건네주었다. 사공 노인이 그것을 받아 입에 세로로 갖다대고 긴 노래로 한 곡 불었다. 취취의 마음은 한결 푸근해졌다.

취취는 할아버지 곁에 바싹 붙어 앉았다. 그리곤 물었다.

"할아버지, 누가 처음 이런 피리를 만들었을까요?"

"틀림없이 가장 즐거운 사람이 만들었을 거야. 이것이 다른 사람들에게 즐거움을 많이 나누어주니까. 어쩌면 가장 즐겁지 않은 사람이 만들었을 수도 있지. 요것이 또 별로 즐겁지 않은 감정도 불러일으키니 말이지."

"할아버지, 불쾌하세요? 저 때문에 화나셨어요?"

"원, 너 때문에 화나다니, 네가 옆에 있어줘서 나는 아주 기쁘단다."

"제가 만약 도망간다면요?"

"넌 할아버지를 떠나지 않을 게야."

"만일 참으로 그런 일이 벌어진다면 할아버지 어쩌실 거예요?"

"만일 그런 일이 벌어진다면 나는 저 배를 타고 널 찾으러 나서겠지."

취취는 키득키득 웃었다.

"봉탄鳳灘*, 자탄羨灘*은 두렵지 않으시다 해도, 그 아랫쪽에 요계롱繞鷄籠*도 있잖아요. 그래요, 요계롱도 지나기 쉽다고 해 두지요. 그런데 청랑탄은 파도가 집채같다 하던데요. 할아버지 나룻배가 봉탄, 자탄, 청랑탄을 다 지날 수 있어요? 그곳의 강물은 미친 것 같다고 예전에 말씀하지 않으셨어요?"

"취취야, 그때쯤이면 할아버지도 이미 미쳐 있을 텐데 그깟 파도를 무서워하겠냐?"

취취는 잠깐 뭔가 골똘히 생각하더니 말했다.

"할아버지 전 아무 데도 안 가요. 할아버지도 안 가시지요? 혹시 남에게 잡혀 딴 데로 가는 일은 없으시죠?"

할아버지는 아무 말 없이 덤덤히 앉아 있었다. 그는 죽음이라는 것에 끌려가는 그런 일을 생각했다.

사공 노인은 자기가 죽은 뒤의 상황을 그려보았다. 남쪽 하늘가의 별 하나를 물끄러미 바라보며 생각에 잠겼다.

'7~8월 하늘에 별똥별이 지나가면 사람도 그때 죽는 일이 생긴다지?'

낮에 강가 거리에서 큰도령과 이야기 나누었던 일이 떠올랐

- 봉탄鳳灘 : 백하에 있는 유명한 여울.
- 자탄羨灘 : 백하에 있는 유명한 여울.
- 요계롱繞鷄籠 : 백하에 있는 유명한 여울.

다. 산촌 사람이 혼수로 한다는 그 방앗간도 생각났고 둘째 도령이 떠올랐고 허다한 일들이 생각나서 마음이 어지러워졌다. 취취가 문득 말했다.

"할아버지 노래나 한 곡 불러주세요. 안 돼요?"

할아버지는 연속 열 곡을 불렀다. 할아버지 옆에서 눈을 감고 듣고 있던 취취는 할아버지가 노래를 마치고 조용해지자 혼자 중얼거렸다.

"나 또 호이초를 한아름 땄어."

알고 보니 할아버지가 부른 노래는 그날 밤에 들었던 그 노래들이었다.

16

 둘째 도령은 노래부를 기회가 있었는데도 다시는 벽계저로 가지 않았다. 15일이 지났다. 16일도 지나고 17일이 되었다. 사공 노인은 더는 참을 수가 없어 성 안의 강가 거리 쪽에 가서 그 젊은이를 찾아보려 길을 나섰다. 사공 노인이 막 성문 옆에서 강가 거리 쪽으로 들어서려는데 마침 지난번 큰도령 중매쟁이로 왔었던 마병 양씨를 만났다. 그는 노새 한 마리를 끌고 성 밖으로 나가려는 참이었다. 양씨는 사공 노인을 보자 덥석 손을 잡으며 말했다.

"아저씨, 알려드릴 일이 있어요. 마침 성 안으로 잘 오셨네요."
"뭔 일인데?"
"천보 큰도령이 배를 타고 하류 쪽으로 내려가다가 자탄에서 사고가 났어요. 눈깜짝할 사이에 여울 아래 소용돌이에 빠져들어 그만 죽었대요. 아침에 순순 선주 댁에서 이 소식을 들었는데 둘째 도령은 아침 일찍 그리로 갔다는군요."

사공 노인은 마치 뺨을 한 대 심하게 얻어맞은 것만 같았다. 그 소식이 좀처럼 믿어지지 않았다. 가까스로 태연한 척 하며 노인은 말했다.

"천보 큰도령이 물에 빠져 죽어? 물오리가 물에 빠져 죽는다는 말은 금시초문일세!"

"그러나 물오리도 한 번은 물에 빠져 죽는 법이지요……. 그나저나 저는 아저씨의 그 탁월한 안목에 탄복해요. 그 젊은이가 찻길로 쉽게 가게 내버려두지 않으셨잖아요."

양씨의 말만 들어서는 도저히 이 소식을 믿을 수가 없었다. 그러나 그의 기색을 봐서는 사실임에 틀림없어 보였다.

사공 노인은 처참한 말투로 말했다.

"나한테 무슨 놈의 안목이고 뭐고 하는 게 있단 말인가. 이건 하늘의 뜻이네! 모든 게 다 하늘의 뜻이지."

이렇게 말할 때 노인은 감정이 북받쳐올랐다.

양씨의 말이 얼마나 믿을 만한지 알아보기 위해 사공 노인은 그와 헤어진 뒤 강가 거리를 향해 종종걸음을 재촉했다.

순순 댁에 이르러보니 누군가가 막 종이돈*을 태우고 있었고 많은 사람들이 한 곳에 모여 이야기를 나누고 있었다. 다가가서 들어보니 바로 양씨가 말한 그 소식이었다. 그런데 자기들 뒤에 사공 노인이 와 있는 걸 눈치채고는 다들 얼른 말을 다른 데로 돌려 하류의 기름값이 오르내린다는 이야기를 했다. 사공 노인은 마음이 편치 않아서 잘 아는 뱃사람이라도 찾아 이야기를 나누고 싶었다.

얼마 안되어 순순 선주가 밖에서 돌아왔다. 침통한 표정이었다. 이 호방하고 정직한 중년 사나이는 지금 불행 앞에 쓰러지지 않으려 몸부림치고 있는 모습이었다. 사공 노인을 보자 순순은 말했다.

"아저씨, 우리 사이에 오갔던 이야기는 없었던 걸로 해야 되겠네요. 천보 큰아이가 잘못되었어요. 아시지요?"

사공 노인은 눈시울을 붉히며 두 손을 마주 비벼댔다.

"어찌된 겁니까? 이게 참말인가요? 어제? 그저께?"

소식을 전하러 이 댁에 온 듯한 사람이 끼어들며 말했다.

"16일 한낮이었어요. 배가 돌부리에 걸려 뱃머리로 물이 들어왔어요. 큰도련님이 삿대로 어떻게 하려다가 그만 강물로 튕겨

● **종이돈**: 원문에는 '지전紙錢'으로 되어 있다. 장례 때 쓰는 종이돈. 중국에서는 죽은 사람이 저승으로 가는 길에 노잣돈으로 쓰도록 종이돈을 태우는 풍습이 있다. 대체로 한대漢代까지는 실제로 무덤에 돈을 껴묻었으나 남북조南北朝 시대 이후로는 종이돈을 태우는 방식으로 바뀌었다고 한다.

나갔어요."

사공 노인이 물었다.

"그가 물에 빠지는 걸 자네가 직접 봤나?"

"저도 함께 빠졌었어요!"

"그가 뭐라든가?"

"말할 경황이 없었어요! 요 며칠 도련님은 아무 말도 하지 않았거든요!"

사공 노인은 고개를 절레절레 저으며 순순 선주를 흘끔 곁눈질해보았다.

순순 선주는 사공 노인이 불안해하는 걸 알고 있는 듯했다.

"아저씨, 모든 게 다 하늘에 달린 거죠. 그만하세요. 여기 대흥장大興場* 사람들이 보내온 좋은 소주가 있으니 좀 가져다 드세요."

한 일꾼이 대나무 통에 술을 가득 담아 싱싱한 오동 잎으로 구멍을 막은 뒤 사공 노인에게 건네주었다.

사공 노인은 술병을 들고 강가 거리로 나왔다. 그는 그냥 고개를 푹 숙인 채 부두를 향해 걸어 그저께 천보 도령이 배를 탔던 그 강가로 갔다. 마병 양씨는 아직 거기다 말을 풀어놓고 있었다.

* 대흥장大興場 : 사천성 중경시重慶市에 속한 지역.

말은 모래밭에서 뒹굴고 그는 버드나무 그늘에 앉아 바람을 쐬고 있었다. 사공 노인은 양씨한테 다가가 대홍장 술을 맛보라고 내주었다. 술을 좀 마시고 나니 두 사람은 기분이 다소 나아진 듯했다. 사공 노인은 양씨에게 14일 밤에 둘째 도령이 벽계저에 와서 노래부른 일을 알려주었다.

이야기를 다 들은 양씨가 말했다.

"아저씨, 취취가 둘째 도령을 원하는 것 같지 않으세요? 그와 배필을 맺게 하는 게……."

말이 끝나기 전에 나송 둘째 도령이 강가 거리 쪽에서 이쪽으로 내려왔다. 젊은이는 멀리 길 떠날 차비를 한 것 같았다. 그는 사공 노인을 보자 오던 길로 도로 돌아가려 했다.

양씨가 그를 불렀다.

"둘째 도령, 이리 오게나. 할 말이 있네!"

그는 멈춰섰다. 불쾌한 기색이었다.

"무슨 할 말이신데요?"

양씨는 사공 노인의 눈치를 보다가 둘째 도령에게 말했다.

"글쎄, 와보게. 할 말이 있다니까."

"무슨 말씀이신데요?"

"다들 도령이 벌써 떠났다고 하더니……. 이리 와서 얘기 좀 하세. 잡아먹지 않을 테니!"

검게 그을은 얼굴, 쩍 벌어진 어깨, 그는 젊음의 생기로 넘쳤다. 둘째 도령은 가까스로 웃어 보였다.

그가 버드나무 그늘 밑으로 오자 사공 노인은 분위기를 좀 풀어보려고 상류 쪽 멀리 바라보이는 방앗간을 가리키며 물었다.

"둘째 도령, 듣자니 저 방앗간이 도령 것이 된다던데 그렇게 되면 날 방앗간 지기로 삼으면 안 될까?"

젊은이는 이 물음의 의도가 거슬린다는 듯 아무 대답도 하지 않았다. 분위기가 좀 굳어진 것 같자 양씨가 끼어들었다.

"둘째 도령 어떻게 할 건가? 하류로 내려갈 건가?"

젊은이는 고개를 끄덕이곤 말 없이 가버렸다.

공연히 무안만 자초한 사공 노인은 괴로운 마음으로 벽계저에 돌아왔다. 그러나 나룻배에 올라서는 대수롭지 않은 듯 취취에게 그 일을 알려주었다.

"취취야, 오늘 성 안에서 새 소식을 들었는데. 천보 큰도령이 기름배를 몰고 진주로 내려가다가 재수가 없어 차탄에 빠져 숨졌다 하더라."

취취는 잘 알아듣지 못했는지 소식을 듣고도 처음에는 별로 관심이 없는 모습이었다. 할아버지는 다시 말했다.

"취취야, 이건 사실이야. 지난번에 중신들러 왔던 양씨가 말하길, 내가 그 혼사를 허락하지 않은 게 참 대단한 안목이란다!"

취취는 할아버지를 흘끔 쳐다봤다. 할아버지는 눈시울이 붉어져 있었다. 술을 마신 게 분명했다. 무슨 불쾌한 일이 있는 것 같았다.

'누가 화나시게 했나?'

취취는 생각했다. 나룻배가 강가에 닿자 할아버지는 어색하게 웃으며 집으로 향했다. 취취는 나룻배를 지키고 있다가 한참이 지나도 할아버지 기척이 없어서 서둘러 집에 가보았다. 할아버지는 문지방에 앉아 짚신을 삼고 있었다.

할아버지 기분이 아주 안 좋은 것 같아 취취는 앞에 쭈그리고 앉아 물었다.

"할아버지 어찌 된 영문이에요?"

"천보 도령이 정말로 죽었어! 그 일로 둘째 도령이 우리에게 화가 나 있단다. 저의 집에 이런 일이 생긴 게 우리 탓이라 생각하고 있는 거지!"

누군가 강가에서 나룻배를 타겠다고 외쳤다. 할아버지는 서둘러 집을 나갔다. 취취는 집 한구석에 놓여 있는 볏짚 위에 앉았다. 마음이 몹시 어지러웠다. 기다려봐도 할아버지가 돌아오지 않자 혼자 울기 시작했다.

17

 할아버지는 누구한테 화가 나기라도 한 듯 얼굴의 웃음기가 눈에 띄게 줄었다. 취취에게도 별로 관심을 보이지 않았다. 취취는 할아버지가 요즈음 자기를 별로 예뻐하지 않는 것 같으나 그 이유에 대해서는 알 수 없었다. 그러나 이런 상황은 오래 가지 않았다. 시간이 지나자 곧 좋아졌다. 두 사람은 여전히 나룻배를 끌며 나날을 보냈다. 모든 것이 예전과 같았다. 그러나 생활 속 어딘가에 보이지 않는 구멍이 생긴 것 같기도 했다. 아무리 그것을 메워보려 애써도 메울 수가 없는. 할아버지는 강가 거리 쪽에 가면 여전히 순순 선주의 따뜻한 대접을 받지만 분명한 것은 선주가 아들이 죽게 된 연유를 마음에 새기고 있다는 사실이었다. 둘째 도령은 백하에서 출발해 진주로 내려가면서 600리 강 길을 샅샅이 훑으며 가

없은 형의 시신을 찾으려 했으나 아무 소득이 없었다. 그래서 곳곳의 세관마다 시신 찾는 글을 써붙여놓고 다동으로 돌아왔다.

얼마 후 그는 사천 동쪽으로 물건을 갖고 갈 때 나루를 건너다 사공 노인을 만났다. 노인은 젊은이를 보고 지난 일은 깡그리 잊은 듯 말을 걸었다.

"둘째 도령, 6월 햇볕이 참 지독한데 또 사천 동쪽으로 가느라 고생이 많겠네."

"밥을 먹으려면 머리 위에 불덩이가 있어도 가야지요!"

"밥을 먹으려고 그 고생을 한다니, 둘째 도령 댁에 어디 먹을 밥이 모자라겠나?"

"밥은 있지만 아버님 말씀이 젊은이가 집구석에 박혀 빈둥거리며 밥이나 축내는 건 안 되는 일이라고 하셨어요!"

"아버님은 잘 계신가?"

"잘 잡수시고 탈없이 일하시니까 괜찮으신 거지요!"

"큰도령이 그만 아쉽게도 잘못되어서, 아버님이 그 일로 아주 초췌해지신 것 같던데!"

둘째 도령은 이 말을 듣고 입을 다물었다. 그리곤 멀리 사공 노인 집 뒤의 흰 탑을 바라보았다. 그는 그날 밤의 일이 생각나 마음이 서글퍼진 듯했다.

사공 노인은 젊은이를 조심스럽게 쳐다보고서는 미소를 지으며 말했다.

"도령, 우리 집 취취가 말하는데 5월 어느날 밤 꿈에……."

사공 노인은 또 한 번 둘째 도령을 흘끔 쳐다보았다. 그는 놀라지도 싫어하지도 않는 기색이었다. 사공 노인은 하던 말을 이었다.

"그애가 참 이상한 꿈을 꾸었대. 아니 글쎄 꿈속에서 누군가의 노랫소리를 듣고 둥둥 떠올라 언덕으로 날아가서 호이초를 한아름 땄다지 뭔가!"

둘째 도령은 얼굴을 한쪽으로 돌리고 씁쓸하게 웃었다.

'이 노인은 이야기도 참 잘 꾸며대는군!' 하는 생각이 그 쓴웃음 위로 드러났다. 사공 노인은 그 웃음의 의미를 알아챘다.

"둘째 도령, 안 믿는가?"

노인이 물었다.

"왜 안 믿어요? 제가 바보처럼 저쪽 언덕에서 밤새 노래를 불렀는데요!"

사공 노인은 예상치 못했던 솔직한 말에 그만 말문이 막히고 말았다. 그는 말을 더듬었다.

"그, 그게 참말인가…… 거짓인가……."

"왜 참말이 아니겠어요? 그러면 천보 형님의 죽음도 사실이 아니란 말이에요?"

"그, 그렇긴 하지만……."

사공 노인이 일부러 말을 꺼낸 본심은 사실을 좀 밝혀보고자 해서였다. 그런데 그 사실을 이야기하기 시작할 때부터 방법에 문제가 있었다. 그래서 도리어 둘째 도령의 오해만 사게 되었다. 사공 노인은 그날 밤의 상황을 제대로 설명하려 했지만 나룻배가 벌써 강가에 닿았다. 껑충 뛰어 둔덕에 오른 젊은이는 곧 떠나려 했다. 사공 노인은 배 위에서 다급하게 말했다.

"둘째 도령, 좀 기다리게. 할 말이 있네. 도령이 아까 말하지 않았나? 그 무엇이냐, 바보가 되었다던 그 일 말일세. 도령은 바보짓한 게 아니라네. 외려 다른 한 사람이 도령 노래를 듣고 바보가 되어버렸다네!"

그 젊은이는 멈칫 하였으나 낮은 목소리로 이렇게 말했다.

"그만하세요. 됐어요, 말씀 마세요."

사공 노인은 그래도 말을 이었다.

"둘째 도령, 양씨의 말로는 도령이 방앗간을 마다하고 나룻배를 원한다고 했다던데, 참말인가?"

"나룻배면 또 어떤데요?"

젊은이가 말했다.

둘째 도령의 기색을 보며 사공 노인은 갑자기 마음이 즐거워졌다. 그는 흥분을 가라앉힐 수 없어 소리 높여 취취를 불러 강가로 내려오게 하려 했다. 그러나 취취는 집에 있으면서도 일부러

안 나오는 건지 아니면 어딘가 가고 없는 것인지 한참이나 그림자도 안 보이고, 기척이 없었다. 한동안 기다리던 둘째 도령은 사공 노인의 기색을 살피며 말 없이 미소만 짓더니 당면과 흰 설탕 짐을 멜대에 진 짐꾼과 함께 성큼성큼 길을 떠났다.

벽계저의 작은 산을 넘자 두 사람은 꼬불꼬불한 대나무 숲길을 따라 걸어갔다.

이때 짐꾼이 입을 열었다.

"둘째 도련님, 저 사공이 도련님을 무척이나 좋아하는 표정이던데요!"

둘째 도령은 아무런 대꾸도 없었다. 짐꾼이 또 말했다.

"둘째 도련님, 저 아저씨가 도련님한테 방앗간을 원하느냐 아니면 나룻배를 원하느냐 묻는 것 같던데 참으로 저분의 손녀사위가 되어 나룻배를 대신 맡아 하려고요?"

둘째 도령은 그저 웃기만 했다. 짐꾼이 또 말했다.

"둘째 도련님, 이런 기회가 제게 주어진다면 저는 방앗간을 가지겠어요. 방앗간은 앞날이 훤하잖아요. 매일 쌀 일곱 되에 겨 세 말은 수입으로 들어오니까요."

둘째 도령이 말했다.

"그럼 돌아와서 아버님께 말씀드려, 자네가 그 방앗간을 가질 수 있도록 산촌 사람에게 중매쟁이를 보내지 뭐. 나는 나룻배를 끄는 게 더 좋아. 다만 저 노인네가 말을 빙빙 돌리고, 어물어물 일을 끄는 게 싫어서 말이지. 형은 저 노인네가 죽게 만든 거야."

둘째 도령을 그냥 그렇게 보내놓고도 취취가 여전히 나오지 않자 노인은 기분이 상했다. 집에 와보니 취취는 진작에 없었다. 한참이 지나서야 취취가 대바구니를 들고 뒷산에서 내려왔다. 그제야 이른 아침부터 취취가 죽순을 캐러 집을 나섰다는 것을 알게 되었다.

"취취, 한참을 그렇게 큰 소리로 불렀는데 못 듣다니!"

"왜 부르셨는데요?"

"한 손님이…… 아는 사람이야. 너에 대해 이야기를 나누었지. 내가 큰 소리로 널 불렀는데도 대답이 없더구나!"

"누군데요?"

"맞춰봐, 취취. 낯선 사람이 아니고…… 너도 아는 사람이야!"

취취는 조금 아까 대나무 숲속에서 우연히 들었던 말들이 생각나 얼굴이 빨갛게 상기되었다. 한동안 그녀는 말이 없었다.

사공 노인이 물었다.

"취취, 죽순은 얼마나 캤어?"

취취는 대바구니에 담긴 걸 땅에 쏟아놓았다. 작은 죽순 열 몇 개를 제외하고는 모두 큼직한 호이초들이다.

사공 노인이 취취를 쳐다보자 그녀는 얼굴을 붉히며 도망쳤다.

18

 하루하루가 평범하게 흘러 한 달이 지났다. 마음 속에 맺혔던 아픈 응어리들이 그 긴긴 날들 속에서 치유되어가는 듯했다. 날씨가 무더웠다. 모두들 땀 흘리느라 지쳐서 찹쌀로 빚은 술을 시원하게 해서 마셨다. 달리 근심 걱정할 일은 없었다. 근심 걱정이 인간의 삶 속에 존재해도 그것을 머물게 잡아둘 수는 없는 일이다. 취취는 매일 같이 흰 탑 밑의 응달진 곳을 찾아가 낮잠을 자곤 했다. 높은 곳은 참 시원하다. 양쪽 산 대나무 숲속의 찌르레기와 다른 많은 새들은 쉴새없이 지저귀며 사람들의 긴장을 풀어 주었다. 취취는 꿈속에서 산새들의 노랫소리를 들으며 둥둥 떠다녔다. 꿈은 늘 황당했다.

 이런 일은 어느 누구의 잘못도 아니었다. 시인들은 한 가지 자질구레한 일로서도 두툼한 시집을 펴내는가 하면, 조각가들은 돌덩이 하나를 갖고 피와 살이 있는 인물을 만들어내며, 또 화가들은 녹색, 붉은색, 회색 등의 물감을 찍고 발라 한 폭 한 폭 마력을 지닌 그림을 그려낸다. 다들 미소 짓는 어떤 이의 그림자나 미간을 찌푸리고 있는 어떤 이의 모습을 마음에 두고서 그 이상야릇한 성과를 이루어내는 것이다! 하지만 취취는 문자로도, 돌로도, 또는 물감으로도 그녀 마음속의 사랑과 미움을 다른 것에 담아낼 수 없었다. 그냥 온갖 황당한 일들에다 자신의 마음을 멋대로 뛰어놀게 할 수 있을 뿐이었다. 그녀는 이 은밀한 비밀 속에서 늘 놀라움과 기쁨의 흥분을 만끽했다. 한 치도 알 수 없는 미래가 늘 그녀의 마음을 마구 흔들어놓았다. 그녀는 자신의 이 바보스러움을 할아버지에게 완전히 숨기지도 못했다.

할아버지는 어떨까? 할아버지는 모든 것을 다 알고 있다고 볼 수도 있지만 사실 전혀 모른다고 할 수도 있다. 그는 취취가 둘째 도령을 싫어하지 않는다는 것은 알고 있으나 그 젊은이의 마음이 과연 어떤지 잘 알 수 없었다. 그는 선주와 둘째 도령 모두한테서 냉대를 받은 적이 있다. 그러나 그는 낙심하지 않았다.

'모름지기 딱 부러지게 처리해야 도리에 맞는 법. 모든 건 팔자에 달려 있어!'

그가 이렇게 생각하고 있노라면 '호사다마_{好事多魔}'라고 오히려 안 좋은 일이 더 잇달아 생기는 듯했다. 할아버지는 지금 눈을 번히 뜬 채 손녀 취취보다 더 황당하고 어처구니 없는 꿈들을 꾸고 있었다.

그는 나룻배를 타러 오는 이 고장 사람들한테서 둘째 도령과 순순 선주의 생활에 대해 알아보고 그들 일에 관해 자기 집안 일처럼 세세하게 관심을 가졌다. 그런데 이상하게도 바로 그렇기 때문에 오히려 그들을 만나는 게 두려웠다. 선주와 둘째 도령만 보면 무슨 말을 해야 할지 몰라 허둥댔다. 그저 고질병처럼 두 손만 마주 비비기 일쑤고, 태연한 자세는 어디론가 사라져버렸다. 그들 부자는 할아버지의 속마음을 빤히 알고 있지만 죽은 사람이 가엾은 모습으로 그들의 마음속에 각인되어 있어 그냥 사공 노인의 뜻을 모르는 척하며 세월을 보냈다.

분명 밤에 꿈을 꾸지도 않았건만 아침에 취취와 이야기할 때면 할아버지는 늘 이렇게 말했다.

"취취, 취취, 내가 어젯밤에 꿈을 꾸었는데 아주 무서운 꿈이었어!"

"무슨 꿈을 꾸셨는데요?"

취취가 물었다.

● 호사다마好事多魔 : 좋은 일에는 늘 탈이 끼어들기 쉽다는 말.

할아버지는 마치 꿈속 상황을 다시 떠올리기라도 하듯, 취취의 갸름한 얼굴과 긴 눈썹을 들여다보며 눈을 번히 뜨고 꾼 그 꿈 이야기를 했다. 말할 것도 없이 그런 꿈들은 모두 그다지 무섭지 않은 것들이었다.

모든 강물이 바다로 흘러들 듯 할아버지 이야기는 항상 먼 데서부터 시작되어 가까운 데로 흘러오다 나중에는 꼭 취취가 얼굴을 붉히며 쑥스러워하는 그 화제로 돌아왔다. 취취가 불쾌한 표정을 지으며 난감한 빛을 떠올리면 사공 노인은 그제야 뭔가 두려운 듯 어쩔 줄을 몰라했다. 그리곤 서둘러 해명을 하거나 한담을 늘어놓아 그 말의 본뜻을 감추려 했다.

"취취, 내 말은 그런 뜻이 아니야. 그런 뜻이 아니라구. 할아버지도 이제 늙었구나. 노망이 들어 쓸데없는 말이 많아졌어."

그러나 어떤 때 취취는 조용히 할아버지의 그 노망 섞인 우스운 이야기들을 경청했다. 그리고 다 듣고 난 후에는 잠자코 미소만 지었다.

"할아버지 참으로 노망이세요!"

취취가 느닷없이 이렇게 말할 때도 있었다. 그러면 할아버지는 입을 다물었다.

'난 말이야, 근심이 태산 같단다.' 할아버지는 이렇게 말하고 싶었지만 그럴 틈도 없이 때마침 손님이 부르는 소리에 나가곤 했다.

날씨가 무더웠다. 강을 건너는 사람들은 어깨에 70근[약 42킬로그램]쯤 되는 짐을 메고 먼 곳에서 오는 사람들이라 강가에 도착하면 시원한 곳을 찾아 자리를 잡고는 쉽사리 떠나질 않는다. 그들은 바위 밑에 있는 물 항아리 옆에 쭈그리고 앉아 시원한 차를 마시며 일행들끼리 담뱃대를 바꾸어 피우는가 하면 사공 노인과 이야기를 나누기도 했다. 근거 없이 떠도는 이야기들이 이들의 입에서 수두룩하게 흘러나와 사공 노인의 귀에 들어갔다. 길손들은 때로는 맑은 강물에 발도 씻고 목욕도 했다. 이렇게 해서 머무는 시간이 길어지면 말도 자연히 많아졌다. 할아버지는 이런 말들을 취취에게 전하고 그녀도 많은 일들에 대해 배웠다. 물건 값이 오르고 내리는 일이라든가, 가마를 타거나 배를 타는 데 드는 비용이라든가, 뗏배꾼들이 뗏목을 여울에서 하류로 띄워보낼 때 열 몇 개의 큰 노들을 어떻게 움직이는지, 아편 싣는 작은 배 위에서 전족纏足*하지 않은 발 큰 여자가 매운 연기를 마셔가며 어떻게 아편을 굽고 있는지 등등의 별난 이야기들이 다 있었다.

나송 도령이·사천 동쪽으로부터 물건을 갖고 다동으로 돌아왔다. 때는 이미 해질녘이 되어 강물 위는 조용했다. 할아버지는 취

● 전족纏足 : 근대 이전 중국에서 여자의 발을 인위적으로 작게 하기 위해 헝겊으로 묶던 풍습. 또는 그렇게 해서 만들어진 작은 발. 여성을 신체적으로 억압했던 대표적인 악습惡習이었다.

취와 함께 채소밭에서 무 모종을 살피고 있었다. 취취는 낮잠을 너무 오래 잤던 터라 무료한 느낌이 들었다. 저 멀리서 사공을 부르는 거친 목소리가 들리는 듯하자 바삐 강가로 내려갔다. 둔덕을 내려가보니 두 사람이 나루터에 서 있었는데 석양 아래 이쪽으로 등을 돌린 사람들의 윤곽이 선명했다. 바로 나송 도령과 그 댁의 일꾼이었다! 취취는 포수를 만난 어린 들짐승마냥 깜짝 놀라 되돌아 대나무 숲으로 도망갔다. 강가에 있던 두 사람은 발자국 소리에 뒤를 돌아보고 모든 것을 알게 되었다. 한참을 기다렸으나 더이상 사람이 나타나지 않자 일꾼이 다시 큰 소리로 사공을 불렀다.

사공 노인은 분명 들었다. 그러나 여전히 채소밭에 웅크리고 앉아 모종을 헤아리고 있었다. 마음속으로 그들이 우스웠다. 그는 취취가 내려가는 걸 보았다. 취취는 강을 건너려는 사람이 누구인지 알았을 것이고 일부러 큰 바위 뒤에 숨어서 모르는 척 하고 있으리라 생각했다. 취취는 아직 어려서 나루터 일을 맡은 것은 아니었기 때문에 손님들이 부탁해도 그녀 스스로 배를 끌지 않으면 어쩔 수가 없었다. 그래서 목청을 돋워 사공을 부를 수밖에 없었다. 그 일꾼은 몇 번 고함쳐도 사람이 보이지 않자 그만뒀다. 그리곤 둘째 도령에게 말했다.

"무슨 장난도 아니고? 아니 그래, 사공 노인이 병에 걸려 쓰러

지기라도 했단 말인가요? 취취만 혼자 남기고."

"더 기다려보자고. 괜찮아!"

둘째 도령이 말했다. 그들은 다시 한동안 기다렸다.

이쪽에서 잠자코 기다리니 채소밭에 있던 사공 노인이 되레 의아해졌다.

"둘째 도령인가?"

그는 취취의 마음을 어지럽게 할까봐 여전히 웅크리고 앉아 일어서지 않았다. 그러다 또 한참이 지나자 다시 사공을 찾는 고함 소리가 들렸다. 목소리가 달랐다. 이번에는 둘째 도령의 목소리였다. 화가 났나? 너무 오래 기다리게 했나? 혹시 말다툼이 있었던 건가? 사공 노인은 이렇게 자기 나름대로 추측하며 강가로 달려갔다. 가보니 두 사람은 이미 나룻배에 타고 있었는데 그 중 한 사람이 바로 둘째 도령이었다. 사공 노인은 놀라 소리질렀다.

"아이구, 둘째 도령이네. 돌아왔는가?"

"돌아왔어요. 그런데 나룻배는 어찌된 일이에요. 한참을 기다려도 사람이 오질 않으니!"

젊은이는 불쾌한 듯했다.

"난 또……."

사공 노인이 사방을 둘러보았으나 취취는 그림자도 보이지 않고 누렁이만 대나무 숲에서 뛰어나왔다. 그는 취취가 산으로 갔다는 걸 알고는 말을 바꾸었다.

"도령네가 이미 강을 건넌 줄로만 알았네."

"강을 건너다니! 노인장께서 배에 타시지 않았는데 누가 감히 나룻배를 끌어요?"

일꾼이 이렇게 말하고 있는데 물새 한 마리가 놀라 수면 위로 날아갔다.

"물총새도 제 둥지를 찾아가네요, 우리도 빨리 집에 가서 저녁이나 먹어야지요!"

"아직 일러. 여기서 강가 거리까지는 얼마 안 걸려."

사공 노인은 이렇게 말하며 나룻배에 훌쩍 뛰어올랐다.

'자네가 이 나룻배를 이어받겠다 하지 않았나!'

그는 속으로 이렇게 말하며 밧줄을 끌어당겼다. 배가 기슭을 떠났다.

"둘째 도령, 길에서 많이 힘들었지……."

사공 노인의 말에 둘째 도령은 가타부타 내색을 하지 않고 무덤덤하게 듣기만 하였다. 배가 맞은편 기슭에 닿았다. 젊은이는 일꾼과 함께 짐을 메고 산을 넘어갔다. 그의 냉랭한 표정에 사공 노인은 마음이 쓰였다. 사공 노인은 두 사람의 뒤에다 주먹을 불끈 쥐고 세 번 을러댔다. 그리고 뭐라고 가볍게 소리를 지르곤 배를 끌고 돌아왔다.

19

 취취는 대나무 숲으로 도망가고 사공 노인은 한참 동안 배로 안 내려오고, 나송 도령 입장에서는 뭔가 일이 잘 안 풀릴 것 같은 예감이 들었다. 비록 사공 노인이 이야기 중에 이 일의 가능성에 대해 언급하지 않은 적은 없지만 그 어물어물 확실치 않은 이야기들이 조금도 미덥지 않았다. 둘째 도령은 제 형을 생각하며 이 일을 곡해하고 있었다. 그는 다소 화가 나 있었고 불만을 지니고 있었다. 집에 돌아온 지 사흘째 되는 날 산촌 사람이 동정을 살피러 왔다. 그 사람은 강가 거리 순순 선주 댁에 머물렀다. 그는 선주에게 물어 둘째 도령이 그 방앗간을 갖길 원하는지 어쩐지 여부를 알고 싶어했다. 선주는 그래서 아들에게 의견이 어떤지 물었다.
 "아버지, 아버지를 위해 이 집에 방앗간 하나가 더 생기고 사람 하나 더 들어오는 게 좋은 거라면 그냥 승낙하세요. 하지만 만일 저를 위하신다면 좀 깊이 생각해보겠어요. 며칠 뒤에 다시 말씀드릴게요. 저는 아직 방앗간을 가져야 할지 아니면 나룻배를 얻어야 할지 잘 모르겠어요. 그러니까 제 운명이 혹시 나룻배를 끌어야 하는 팔자는 아닌지 고민 중이에요!"

둘째 도령이 말했다.

알아보러 온 사람은 이런 말들을 잘 기억한 채 산촌으로 알리러 갔다. 그는 벽계저를 지날 때 사공 노인을 보자 둘째 도령이 했던 말이 문득 떠올라 저도 몰래 빙긋 웃었다. 그가 산촌 사람임을 안 사공 노인은 다동에는 뭘 하러 갔었냐고 그에게 물었다.

무언가 속셈을 지닌 산촌 사람은 이렇게 말했다.

"아무 일도 안 했어요. 다만 강가 거리 순순 선주 댁에 잠시 들렀을 뿐이에요."

"일 없이 삼보전三寶殿*에 가지 않는다고 그 댁에 들렀다면 필시 무슨 말이 오갔을 거 아닌가?"

"말은 좀 했지요."

"그래 무슨 말을 했나?"

그 사람이 입을 다물어버리자 사공 노인이 다그쳐 물었다.

● 삼보전三寶殿 : 삼보三寶란 부처인 불보佛寶, 부처의 가르침인 법보法寶, 부처의 제자인 승보僧寶를 말하는데 삼보전은 이 셋을 모시는 법당을 가리킨다.

"자네들 산촌 사람들이 강가의 방앗간과 주인댁 규수를 함께 순순 선주 댁에 보낸다 하던데 그 일이 좀 되어가고 있는가?"

그 산촌 사람은 웃었다.

"일이 다 성사된 거지요. 제가 순순 선주에게 물어봤는데, 그는 산촌 사람과 사돈 맺는 걸 원하더라고요. 또 그 젊은이에게도 물어봤는데……."

"젊은이 생각은 어떻던가?"

"그 친구가 말하길 '내 앞에 지금 방앗간과 나룻배가 있는데 워낙은 나룻배를 원했으나 지금은 방앗간을 갖기로 했어요. 나룻배는 움직이는 거라 방앗간처럼 든든하게 뿌리내릴 수 있는 게 아니라서요.' 라고 하더군요. 참 셈이 빠르더라고요."

산촌 사람은 쌀시장의 거간꾼이라 말 하나하나를 저울질해서 쏟아냈다. 그는 '나룻배' 가 뭘 가리키는가를 분명 잘 알고 있으면서도 대놓고 말하지 않았다. 그는 사공 노인이 입술을 움찔움찔하며 말하고 싶어하는 걸 눈치채고는 자기가 먼저 입을 열었다.

"모든 게 다 정해진 운명 아니겠어요. 사람 뜻대로 되는 게 어디 있어요? 선주 댁의 그 가엾은 큰도령을 봐요. 멀쩡한 사내가 물에 빠져 죽지를 않나!"

이 한마디는 사공 노인의 가슴을 아프게 찔렀다. 노인은 목구멍까지 올라온 말을 도로 삼켰다. 산촌 사람이 둔덕에 오른 후 사공 노인은 답답한 마음을 안고 오랫동안 멍하니 뱃머리에 서 있었다. 게다가 일전에 나루를 건널 때 보여줬던 둘째 도령의 그 싸늘한 표정이 다시 떠올라 마음이 울적해졌다.

취취는 탑 밑에서 신나게 놀다가 강가 높은 바위에 올라 할아버지에게 노래를 불러달라 하려고 했다. 그런데 할아버지는 본 척도 안 했다. 취취는 할아버지를 원망하며 강가로 내려갔다. 웬 일인지 할아버지가 울상이 되어 있었다. 할아버지는 가무잡잡한 취취의 즐거운 얼굴을 보며 가까스로 웃음을 지었다. 맞은편 강가에 짐을 지고 온 사람들이 도착했다. 할아버지는 말없이 나룻배를 건너편으로 끌고가더니 강 한복판에 이르러 큰 소리로 노래를 부르기 시작했다. 사람들을 건네주고 둔덕에 올라온 할아버지는 취취의 곁으로 다가와 또 가까스로 웃어 보이며 손을 들어 이마를 만졌다.

"할아버지 웬일이세요? 더위 먹으신 것 아니에요? 그늘에 가서 좀 쉬세요. 제가 할게요!"

"네가 한다고? 그래, 이 나룻배는 이제 네가 알아서 하거라!"

할아버지는 참으로 더위를 먹은 듯 가슴이 답답해왔다. 취취가 보는 앞에서는 그래도 억지로 버티다 혼자 집으로 돌아왔다. 그리고 깨진 사기 조각을 주워다 팔과 다리를 몇 차례 찔렀다. 검은 피가 나자 할아버지는 침대에 누워 잠을 청했다.

나룻배를 맡은 취취는 이상하게 기분이 좋았다.

'할아버지가 노래를 안 불러주시면 나 혼자라도 불러야지!'

그녀는 이렇게 생각했다. 그녀는 노래를 많이 불렀다. 침대에 누운 사공 노인은 한 구절 한 구절을 다 새겨들었다. 마음이 너무 혼란스러웠다. 그는 이 정도 아픈 건 자기를 쓰러뜨릴 만한 큰 병이 아니라고 생각했다. 다음날 또다시 자리를 털고 일어날 것이었다. 그는 내일 성에 들어가 강가 거리에 가보기로 마음 먹었다. 그리고 또 다른 여러 가지 일들을 생각해보았다.

이튿날 잠에서 깨어보니 여전히 머리가 무거웠다. 할아버지는 참말로 병에 걸린 것이었다. 취취는 철이 든 것 같았다. 땀을 내게 하는 약*을 한 첩 달여 억지로 할아버지가 마시게 했다. 그러고는 집 뒤 텃밭에 가서 마늘종대를 베어다 쌀죽에 넣어 신맛 나는 마늘종대 절임을 만들었다. 그녀는 나룻배를 돌보는 한편 시간 나는 대로 달려와서 이것저것 물으며 할아버지를 보살펴드렸다. 할아버지는 아무 말도 하지 않았다. 그는 다만 한 가지 비밀 때문에 괴로워할 뿐이었다. 사흘 간 누워 있었더니 차도가 보였다. 노인은 집 앞뒤를 오가며 몸을 움직여보았다. 뼈마디가 온전한 것 같지는 않았으나 마음속으로 한 가지 일을 되뇌며 성 안으로 들어갈 차비를 하였다. 취취는 할아버지가 오늘 성 안으로 꼭

---

* 땀을 내게 하는 약 : 원문에는 '대발약大發藥'으로 되어 있다. 심종문의 주석에 의하면 잎이 삼잎 같은, 관목류灌木類의 초약草藥이라고 한다.

가야 할 급한 일이 무엇인지도 모르고 가지 말라고 말렸다.

사공 노인은 두 손을 비비며 성 안에 가야만 하는 그 이유를 말해야 하나 말아야 하나 망설였다. 취취의 가무잡잡하고 갸름한 얼굴과 촉촉한 눈빛을 바라보던 할아버지는 절로 한숨을 '후—' 하고 길게 내쉬었다.

"중요한 일이 있어서 오늘 중으로 꼭 가야 해!"

취취는 쓴웃음을 지으며 말했다.

"아무리 중요한 일이라도 아직은……."

취취의 성미를 잘 알고 있는 할아버지는 말투로 보아 취취가 벌써 불쾌해하고 있다는 걸 알았기에 꼭 간다고 더이상 우기지는 않았다. 그는 갖고 가려 했던 대나무통, 꽃을 수놓은 전대 등을 탁자 위에 내려놓고는 히죽 웃으며 말했다.

"안 간다, 내가 넘어져 죽을까봐 그리도 걱정하니 안 갈 거야. 나는 그저 아침 날씨가 별로 덥지 않으니 성 안에 퍼뜩 가서 일을 보고 오려 한 것뿐이야. 안 가도 돼. 내일 가지 뭐!"

취취가 조용한 목소리로 부드럽게 말했다.

"할아버지 내일 가세요. 할아버지는 지금도 다리 힘이 빠져 있어요. 하루 종일 가만히 누워계셨다 일어나세요."

사공 노인이 내키지 않는 듯 두 손을 축 늘어뜨리고 밖으로 막 나가려던 참에 문지방 옆에 놓여 있던 짚신 삼을 때 쓰는 방망이에 걸려 하마터면 넘어질 뻔했다. 겨우 균형을 잡고 바로 서자 취취가 쓴웃음을 지으며 말했다.

"할아버지, 보세요. 아직도 고집을 피우시겠어요?"

사공 노인은 그 방망이를 쥐어 집 한구석으로 홱 던지며 말했다.

"할아버지가 이젠 늙었다, 이거지! 며칠 후에 표범을 잡아다 너한테 보여주마!"

오후에 비가 한바탕 내렸다. 사공 노인은 취취를 잘 달래놓고는 끝내 성 안으로 갔다. 취취는 할아버지와 함께 성에 갈 수 없어 누렁이를 딸려 보냈다. 노인은 성 안에서 아는 사람에게 이끌려 소금 값, 쌀값 이야기로 한참을 보냈다. 그러곤 수비 관아官衙를 지나다보니 새로 사온 노새가 있어 거기서도 잠시 구경하고 나서야 강가 거리 순순 선주 댁으로 걸음을 옮겼다. 그 집에 가보니 순순이 다른 세 사람과 노름에 열중해 있는지라 말을 꺼내기가 어려웠다. 그는 소리 없이 뒤에서 구경만 했다. 나중에야 알고 순순이 사공 노인에게 술을 권했으나 이제 겨우 아팠던 몸을 추스렸다고 사양했다. 노름은 끝나지 않았고 사공 노인 또한 그대로 돌아갈 수 없었다. 순순은 사공 노인이 무슨 할 말 때문에 기다리고 있다는 걸 모르는 듯 자기 패에만 정신이 팔려 있었다. 잠시 후 오히려 딴 사람이 사공 노인의 기색을 살피곤 그에게 무슨 볼 일이 있는 게 아니냐고 물었다. 사공 노인은 우물쭈물하더니 평소 버릇대로 두 손을 마주 대고 비비며 말하기를, 별 다른 일은 없고 그저 선주와 몇 마디 할 말이 있다고 하였다.

선주는 그제야 사공 노인이 오랫동안 노름판을 구경하고 있던 이유를 알고 머리를 돌려 사공 노인을 보며 웃었다.

"진작에 말씀하시지 그러셨어요? 말씀이 없으시길래 난 그저 내 패를 보고 노름 수나 배우려고 그러시는 줄 알았잖아요!"

"뭐 별거 아니구요, 몇 마디만 하면 되겠는데 재미나는 판을 망칠까 말을 못했지요!"

선주는 손에 쥐었던 패를 탁자 위에 놓고 웃으며 안채로 향했고 사공 노인은 그 뒤를 따랐다.

"무슨 일이시죠?"

선주가 물었다. 보아하니 사공 노인이 찾아와 하고자 하는 말이 무엇인지 벌써 알아챈 듯 측은해하는 표정이었다.

"산촌 사람 하는 말이 댁에서 산촌의 자위단장네와 사돈을 맺으려 한다던데 그게 참말인가요?"

선주는 노인이 자기를 뚫어지게 바라보며 만족스런 답을 해주기를 바라는 걸 보고 말했다.

"그런 일이 있어요."

말뜻인 즉 '그런 일이 있다면 어쩔 건데요?' 하는 것 같았다.

사공 노인이 다시 물었다.

"참말입니까?"

선주는 당연하다는 듯 "참말입니다." 하고 대답했다. 그 뜻은 여전히 '참말이라면 또 어쩔 건데요?' 하는 것 같았다.

사공 노인은 태연한 척하며 다시 물었다.

"둘째 도령 뜻은요?"

"둘째는 배 타고 도원으로 간 지 벌써 며칠 되었어요!"

선주가 대답했다.

사실을 말하자면 둘째 도령은 아버지와 한바탕 말다툼까지 하고 도원으로 가버린 것이었다. 선주는 호방하고 시원시원한 사람이지만 첫 아들을 그렇게 간접적으로 죽게 만든 처녀아이를 둘째 아들의 아내로 맞아들이고 싶지는 않았다. 이는 아주 명백한 일이었다. 이 고장 풍습대로라면 젊은이들 일에 어른들이 이래라저래라 관여하지는 않았다. 둘째 아들이 취취를 사랑하고 취취 역시 둘째 아들을 좋아한다면 선주 자신도 애증이 얽힌 이 결혼을 끝끝내 반대하지는 않을 것이다. 그런데 뭔지 모르지만 사공 노인이 이 일에 지나치게 열중하는 것을 보고 이들 부자는 오히려 그에게 오해가 생겼던 것이다. 선주는 근래 자기 집에서 생긴 일들을 되돌아보고 모든 게 이 참견하기 좋아하는 늙은이와 관련되어 있다고 생각했다. 이런 생각을 표정에 드러내지는 않았지만 마음속에는 응어리가 져 있었다.

선주는 노인이 더이상 입을 열지 못하게 하려 거칠게 말했다.

"아저씨, 그만하세요. 우리들의 입은 술이나 마시라고 있는 것이니 자식들에 대해 이제 더는 이러쿵저러쿵 하지 말자고요! 아저씨가 좋은 뜻에서 이러시는 것 다 압니다. 그런데 저도 아저씨가 제 뜻을 알아주셨으면 해요. 우린 그냥 자기 일이나 이야기하면 되는 것이고 젊은이들이 앞으로 겪게 될 일에 참견하는 건 마땅치 않다는 것이 제 생각입니다."

사공 노인은 된 주먹에 한 방 얻어맞은 것 같았다. 두어 마디 더 하고 싶었으나 선주는 더이상 말할 기회를 주지 않고 그를 노름하는 탁자로 데리고 갔다.

사공 노인은 할 말을 잃었다. 선주를 보아하니 그는 웃어가며 자주 농담을 하고 있었으나 마음은 울적한 듯 패를 힘주어 탁자 위로 내던졌다. 사공 노인은 아무 말 없이 삿갓을 쓰고 혼자 나와버렸다.

어두워지기에는 아직 이른 시간이었다. 사공 노인은 마음이 좋지 않았다. 다시 성 안으로 들어가 마병 양씨를 찾았다. 양씨는 한창 술을 마시고 있었다. 사공 노인은 비록 몸이 아파 안 된다고 사양했으나 그래도 서너 잔은 피할 수 없었다. 벽계저로 돌아오니 걷느라 몸에 열이나서 강물에 몸을 씻었다. 그러고 나니 피곤이 몰려와 취취에게 나룻배를 맡기고는 집에 돌아와 잠에 빠졌다.

황혼이 깃들 무렵 날씨가 몹시 무더워졌다. 강물 위로 고추잠

자리가 어디라 할 것 없이 이리저리 날아다녔다. 하늘에는 구름이 잔뜩 꼈고 산 위의 대나무 숲은 뜨거운 바람에 크게 울부짖었다. 보아하니 밤에 큰 비가 쏟아질 것이 틀림없었다. 나룻배 옆에서 강물 위로 마구 날아다니는 잠자리를 바라보며 취취는 마음이 어지러웠다. 참담한 할아버지의 안색에 마음이 놓이지 않아 그녀는 서둘러 집으로 돌아왔다. 와보니 벌써 잠들었을 거라 생각했던 할아버지가 문지방에서 짚신을 삼고 있을 줄이야!

"할아버지, 도대체 짚신을 얼마나 삼으시려 그러세요? 침대 머리에 14켤레나 있잖아요? 왜 편히 누워 쉬지 않으세요?"

사공 노인은 말이 없었다. 몸을 일으켜 고개를 들고 하늘을 바라보더니 잦아든 목소리로 말했다.

"취취, 오늘 저녁에 큰 비가 퍼붓고 천둥이 칠 것 같구나! 나중에 나룻배를 바위 밑에 묶어두어야겠다. 큰 비가 올 거야."

취취가 말했다.

"할아버지, 무서워요!"

취취가 무서워하는 건 흡사 밤에 퍼부을 우레와 비가 아닌 것 같았다.

사공 노인은 마치 그 뜻을 알고 있기라도 하듯 이렇게 말했다.

"뭐가 무섭다고 그러니? 올 것은 오고야 마는 법이야. 겁낼 것 없어!"

20

 예상대로 밤에 큰 비가 내렸다. 간담을 서늘하게 하는 천둥 소리도 울렸다. 번갯불이 지붕을 스치더니 그 뒤를 이어 천둥 소리가 요란했다. 취취는 어둠 속에서 떨고 있었다. 할아버지도 잠에서 깼다. 취취가 겁먹은 것을 알아챈 그는 그녀가 감기에 걸릴까 봐 몸을 일으켜 손녀 몸에 얇은 면포를 덮어주었다.

 할아버지가 말했다.

 "취취야, 무서워 마라!"

 취취가 말했다.

 "무섭지 않아요!"

 '할아버지가 여기 계셔서 무섭지 않아요!' 라고 말하려는데 또 천둥 소리가 울렸다. 뒤이어 빗소리 너머로 무언가 크고 둔중하게 무너져내리는 소리가 들려왔다. 두 사람은 강가의 높은 언덕이 붕괴되는 것이라 생각했다. 이어서 나룻배가 무너진 언덕 밑에 깔렸을까봐 걱정되었다.

할아버지와 손녀 두 사람은 침대에 누워 말없이 빗소리와 천둥 소리를 들었다.

시간이 지나자, 그 큰 비가 쏟아지는데도 취취는 잠이 들었다. 잠에서 깨어보니 날은 어느새 밝았고 언제부터인지 비도 이미 그쳐 있었다. 강가 양쪽 골짜기에서 강으로 흘러드는 세찬 물줄기 소리가 들렸다. 취취는 자리에서 일어났다. 할아버지는 곤히 잠들어 있는 듯했다. 그녀는 살그머니 문을 열고 밖으로 나갔다. 문앞에는 도랑이 생겼고 세찬 물줄기가 탑 뒤쪽에서 콸콸 흘러나와 앞쪽 높은 언덕을 타고 수직으로 쏟아져내리고 있었다. 그리고 여기저기 금방 생겨난 도랑이 패여 있었다. 집 근처의 텃밭은 산골짜기에서 흘러내린 물로 온통 아수라장이 되었고 채소 모종은 굵은 모래와 진흙에 파묻혀 있었다. 그 앞을 지나 강가로 가니 물이 많이 불어 나루터에 차올라 수면이 차 항아리 옆까지 높아져 있었다. 나루터로 내려가는 길은 작은 개천처럼 되어 누런 흙탕물이 콸콸 흘러가고 있었다. 나룻배를 끌 때 쓰던 굵은 밧줄은 이미 물에 휩쓸려 없어졌고 언덕 밑에 대두었던 나룻배는 종적 없이 사라졌다.

취취는 집앞의 높은 언덕이 무너지지 않은 것을 보고 그때까지만 해도 나룻배의 실종을 생각지 못하였다. 그러나 좀 지나서 이리저리 둘러봐도 나룻배가 보이지 않았다. 그러다 무심코 고개를 돌려보니 집 뒤의 흰 탑이 보이지 않았다. 깜짝 놀라 허겁지겁 달려가보니 흰 탑은 이미 무너졌고 벽돌만 무더기로 어지럽게 흩어져 있을 뿐이었다. 취취는 어찌 할 바를 몰라 겁에 질린 목소리로 할아버지를 연달아 불렀다. 그러나 할아버지는 일어나지도 않았고, 대답도 없었다. 급히 뛰어가 침대 곁으로 가서 한참을 흔들었으나 할아버지는 꼼짝도 하지 않았다. 사공 노인은 비가 멎고 천둥번개가 사라질 때쯤 이미 저세상으로 떠났던 것이다.

취취는 울음을 터뜨렸다.

얼마 뒤 다동에서 사천 동쪽으로 일보러 가던 사람이 강가에 이르러 이쪽 켠에 대고 나룻배를 불렀다. 취취는 그때 아궁이 앞에서 울며 돌아가신 할아버지를 씻겨드리고자 물을 끓이고 있었다.

그 사람은 사공 노인 일가가 아직 잠에서 깨지 않았다고 생각했다. 급히 강을 건너야 하는데 불러도 응답이 없자 그 사람은 돌멩이를 강 건너로 던졌고 그것이 지붕에 맞았다. 취취가 눈물범벅이 된 채 걸어나와 강가 집앞에 섰다.

"지금 이른 시간 아니라고. 얼른 나룻배를 갖다 대야지!"

그 사람이 고함을 질렀다.

"나룻배가 사라졌어요!"

"할아버지는 뭘 하러 가셨어? 나룻배를 맡으셨으면 책임을 지셔야지!"

"할아버진 50년 간 나룻배를 지키셨는데, 지금 돌아가셨단 말이에요!"

취취는 강 건너편 사람에게 이렇게 말하며 통곡했다. 그 사람은 사공 노인이 죽은 것을 알고 성 안으로 가서 알려야겠다고 생각했다.

"정말 돌아가셨어? 울지 마, 내가 돌아가서 사람들에게 알려 배를 구하고 필요한 물건들을 갖고 오게 할 테니!"

그 남자는 이렇게 말하고는 다동 성 근처로 돌아가 아는 사람들에게 이 일을 알렸다. 얼마 안 되어 다동 성 안팎의 모든 사람들이 이 소식을 알게 되었다. 강가 거리 쪽의 순순 선주는 사람을 시켜 빈 나룻배를 찾아 흰 나무로 된 관을 싣고 즉시 벽계저로 가게 하였다. 성 안의 마병 양씨는 한 늙은 군인과 함께 벽계저로 가서 큰 대나무 10여 그루를 벤 후 칡 넝쿨로 뗏목을 엮어 임시 나룻배로 쓰게끔 했다. 그들은 뗏목을 다 만든 뒤 그것을 타고 저어가 취취 집 쪽의 기슭에 닿았다. 그 나이든 군인이 뗏목을 맡아 손님을 건네주게 하고 양씨는 취취 집으로 가서 죽은 이를 보았다. 그는 눈물이 글썽하여 침대에 누운 채 그대로 굳어버린 오랜 친구를 잠시 쓰다듬었다. 그리고 서둘러 자기가 해야 할 일들을 했다. 그 뒤로 일손 도울 사람들이 오고 큰 배로 싣고온 관목도 도착하였다. 성 안에 사는 늙은 도사가 여러 제사도구들과 낡은 삼베 도포, 큰 수탉 한 마리를 들고 왔다. 염경念經*과 기수起水* 등 자기가 맡은 일들을 하려고 뗏목을 타고온 것이었다. 집안으론 사람들이 들락날락하고 취취는 아궁이 옆의 작은 걸상에 앉아 하염없이 울기만 했다.

점심 때가 되자 순순 선주도 왔다. 사람 하나를 데리고 왔는데 그 사람은 쌀자루, 술 항아리, 돼지다리 등을 메고 지고 했다. 선주는 취취를 보고 말했다.

"취취, 할아버지가 돌아가셨다는 소식 들었다. 사람은 늙으면 언젠가는 죽는 법이야. 할아버진 평생을 수고하셨으니 이젠 쉴 때가 되신 거야. 너무 걱정하지 말거라. 모든 일은 내게 맡기고."

그는 이것저것 두루 살펴보고 돌아갔다.

오후에 염을 하고 입관했다. 일손을 도우러 왔던 사람들도 돌

- **염경**念經 : 죽은 사람을 위해 도교道敎의 경문經文을 암송해주는 일.
- **기수**起水 : 심종문의 주석에 의하면 상서 지역에서는 사람이 죽으면 우물이나 물가로 가서 그 사실을 고했다고 한다. 역자의 생각에는 이것이 사천 및 남방의 도교인 오두미교五斗米敎의 수관水官 숭배에서 비롯한 풍속일 것으로 추측된다. 수관은 물을 관장하는 신으로 재액災厄을 풀어 없애주는 것으로 믿어졌다. 그러나 일설에 의하면 기수는 우물이나 강에서 물을 길어다 죽은 이의 몸을 씻김으로써 속세의 때를 벗겨 극락세계로 떠나보내는 것을 상징하는 의식이라고도 한다.

아가고 저녁에는 늙은 도사와 양씨 그리고 순순 댁에서 보낸 두 젊은 일꾼만 남았다. 해가 지기 전에 늙은 도사는 빨간 종이와 파란 종이를 잘라 꽃을 만들고 황토로 촛대를 만들었다. 날이 어두워지자 관 앞의 작은 상 위에 놓인 굵고 누런 양초에 불을 붙이고 향을 피웠으며 관 둘레에 작은 촛불들을 켜놓았다. 늙은 도사는 파란색 삼베 도복을 걸치고 장례 때 관을 도는 의식을 시작하였다. 늙은 도사가 작은 종이 깃발을 들고 맨 앞에서 걷고 상주인 취취가 그 뒤를 따르고 양씨가 맨 뒤에 섰다. 그들은 그렇게 쓸쓸하고 외로운 그 관 주위를 천천히 돌았다. 두 일꾼은 아궁이 옆 빈자리에서 징과 동발을 되는 대로 두드렸다. 늙은 도사는 눈을 감고 걸으면서 잠깐 노래하다 또 잠깐 중얼거리기도 하며 망자의 넋을 달랬다. 혼령이 가는 서방 극락세계에 사시장철 꽃 향기가 그윽하다는 말을 할 때 양씨가 나무 소반에 담긴 종이꽃들을 높이 들어 관 위에 뿌렸다. 서방 극락세계의 모습을 상징하는 것이다.

한밤중이 되어 모든 일을 마쳤다. 폭죽도 다 터뜨렸고 초도 거의 다 탔다. 취취는 눈물 자국이 얼룩진 그대로 아궁이에 가서 불을 지피고 도와준 이들을 위해 밤참을 지었다. 밤참을 먹고 난 후 늙은 도사는 죽은 이의 침대에 기댄 채 잠이 들었다. 나머지 몇은 관례대로 관 앞에서 밤을 새웠다. 양씨가 사람들의 무료함을 달래기 위해 상당가_喪堂歌_*를 불렀다. 그는 빈 쌀됫박을 작은 북 삼아 손으로 탁탁 두드리며 효자 왕상王祥*과 황향黃香*의 이야기를 노래로 불렀다.

취취는 하루 종일 울었고 하루 종일 바삐 보냈다. 지금 그녀는 지칠 대로 지쳐 머리를 관에 기대고 어렴풋이 잠들었다. 두 일꾼은 양씨와 함께 밤참을 먹고 술도 좀 마셨으나 그래도 정신이 말짱한지 돌아가며 상당가를 불렀다. 잠시 후 취취가 깨어났는데 무슨 꿈을 꾼 것 같았다. 놀라 깨어보니 할아버지는 이미 세상을 떠난 채였다. 그녀는 또 '흑흑' 소리내어 울기 시작했다.

"취취, 취취 울지 마, 운다고 돌아가신 분이 다시 오지는 않아!"

대머리 진사사陣四四*가 이렇게 말하고는 새색시가 울음보를 터뜨린 이야기를 들려 주었는데 거기에는 야한 말들이 더러 있어 두 일꾼은 키득키득 한참 동안 웃었다.

누렁이가 밖에서 컹컹 짖어댔다. 취취는 문을 열고 밖으로 나

- 상당가喪堂歌 : 토가족土家族, 묘족苗族 등이 장례때 부르는 노래. 여기서는 대체로 호남 지역 향촌에서 장례 때 부르는 노래로 이해해도 될 듯.
- 왕상王祥 : 원문에는 '왕상와빙王祥臥氷'으로 되어 있다. 왕상은 위魏나라 말 진晉나라 초의 효자. 왕상이 몸으로 강의 얼음을 녹여 물고기를 잡아 계모에게 올렸다는 고사가 있다.
- 황향黃香 : 원문에는 '황향선침黃香扇枕'으로 되어 있다. 황향은 동한東漢 시기의 효자. 황향이 홀로 된 아버지를 위해 무더운 여름에는 부채를 부쳐 시원하게 해드리고 한겨울이면 이부자리를 체온으로 따뜻하게 해드렸다는 고사가 있다.
- 진사사陣四四 : 천스스Chénsisi[중국어].

가 서 있었다. 사방에서 벌레 소리가 들려오는데 달빛이 참 고왔다. 커다란 별들이 푸른 밤하늘에 점점이 박혀 있는 것이 참으로 고요하고 부드러운 밤이었다. 취취는 생각에 잠겼다.

"이게 사실일까? 할아버지는 정말 돌아가신 걸까?"

양씨는 아까부터 그녀 뒤에 서 있었다. 여자애들은 속이 좁은지라 마치 화롯불이 재속에 묻혀 흔적도 없는 것처럼 속내를 알 수 없기 때문이었다. 할아버지가 돌아가신 걸 보고 더이상 아무 희망도 없다고 여겨 벼랑에서 뛰어내리거나 대들보에 목을 매달아 할아버지를 따라 죽겠다고 하는 끔찍한 일이라도 저지를지 모를 일이었다. 그래서 그는 잠시도 눈을 떼지 않고 취취의 행동을 살폈다.

취취가 그냥 멍하니 서 있을 뿐 한참이 지나도 돌아서지 않자 양씨는 헛기침 소리를 내며 그녀를 불렀다.

"취취야, 이슬이 내리고 있어. 춥지 않아?"

"춥지 않아요."

"날씨가 참 좋구나!"

"아······."

커다란 별똥별이 지나가자 취취가 나지막하게 탄성을 터뜨렸다. 남쪽에서 또 다른 별똥별이 밤하늘을 가르며 떨어졌다. 강 건너에서 부엉이가 울어댔다.

"취취."

양씨는 어느 결에 취취와 어깨를 나란히 하고 섰다. 그는 부드럽게 말을 했다. "취취야, 집에 들어가서 자거라. 부질없는 생각은 말고! 사람이 늙으면 흙 속에 들어가야 편안하단다. 할아버지가 너를 걱정하지 않게 해드려야지."

취취는 말없이 할아버지 관 앞으로 돌아오더니 땅바닥에 풀썩 주저앉아 또 흐느끼기 시작했다. 집안에 있던 두 일꾼은 벌써 잠이 들어 있었다.

양씨가 조용히 말했다.

"울지 마! 울지 마! 할아버지도 가슴이 아프실 거다. 너무 울어 눈이 퉁퉁 붓고 목도 쉬면 좋을 게 뭐가 있어. 내 말 좀 들어. 할아버지의 속마음을 나는 훤히 꿰뚫고 있어. 모든 걸 내게 맡겨라. 내가 모든 걸 다 잘 처리하마. 그래야만 네 할아버지께도 미안하지 않지. 잘 처리할 수 있어. 난 뭐든 다 할 줄 알거든. 나중에 할아버지도 좋아하시고 취취도 좋아하는 그런 사람을 데려다 여기 나룻배를 맡겨야지! 우리 마음에 안 들면 내가 늙긴 했어도 낫을 들고 그들과 결판을 낼 테야. 취취 걱정 마, 모든 걸 내게 맡겨!"

"……"

멀리 어디선가 닭 우는 소리가 들렸다. 늙은 도사가 저쪽 침대에서 잠이 덜 깬 소리로 중얼거렸다.

"날이 샜나? 벌써!"

21

 이른 아침 일손 도울 사람들이 성 안에서 밧줄과 멜대를 들고 왔다.

 여섯 명이 사공 노인의 흰 나무관을 메고 무너진 흰 탑 뒤 산등성이로 묻으러 갈 때 순순 선주, 마병 양씨, 취취, 늙은 도사, 누렁이가 뒤를 따랐다. 늙은 도사가 관습대로 이미 파놓은 묘혈墓穴에 뛰어내려가 주사朱砂와 쌀을 조금씩 네 귀퉁이와 가운데에 뿌려놓고 종이 돈을 태운 뒤 죽은 넋을 달래는 주문을 외웠다. 그가 일을 마치고 묘혈에서 나오자 관을 메고 온 사람들이 관을 아래로 내리려 했다. 그런데 취취가 다 잠긴 목소리로 슬피 울며 관에 엎드려 움직이지 않았다. 양씨가 힘주어 그녀를 끌어내고 나서야 겨우 관을 움직일 수 있었다. 잠시 후 관이 묘혈에 내려졌다. 밧줄로 방향을 잘 조절한 뒤 그것을 빼내고 새 흙으로 덮었다. 취취는 여전히 땅에 주저앉아 흐느끼고 있었다. 늙은 도사는 성 안으로 가서 또 다른 사람의 재(齋)를 올려야 했기에 먼저 강을 건너갔다. 선주도 모든 일을 양씨에게 맡기고 성으로 돌아갔다. 일손을 돕던 사람들은 모두 강가에 가서 손을 씻은 후 집으로들 돌아갔다. 제각기 집에 일이 있는 데다가 이 집 사정을 잘 알고 있기 때문에 상주를 번거롭게 하지 않기 위함이었다. 이제 벽계저에는 취취, 양씨 그리고 임시로 나룻배를 맡아보라고 선주가 보낸 대머리 진사사 이렇게 셋만 남았다. 대머리가 던진 돌멩이에 얻어맞은 적 있는 누렁이는 그를 좋아하지 않았다. 그래서 그를 보기만 하면 낮은 소리로 으르렁댔다.

오후에 취취는 양씨와 상의하여 그가 성 안에 돌아가 말을 부대의 다른 사람에게 잠시 맡기고 다시 벽계저로 돌아와 자기와 함께 있어달라고 부탁했다. 양씨가 성 안에 갔다 돌아온 후 대머리 진사사는 성 안으로 돌려 보내졌다.

취취는 여전히 누렁이와 함께 나룻배를 지켰다. 양씨와는 강가 높은 언덕에서 함께 놀거나 늙은 목청을 돋워 자기에게 노래를 불러주게 했다.

사흘 후 선주가 와서 취취를 자기 집에 데리고 가는 일에 대해 상의를 하였다. 하지만 취취는 할아버지의 산소를 더 지키고 싶어 지금 성 안에 들어가 사는 걸 원치 않았다. 다만 성 안의 관아에 말해서 양씨가 잠시 그와 함께 지낼 수 있게 해달라고 부탁했다. 순순 선주는 그렇게 해주마 하고 돌아갔다.

마병 양씨는 원래 취취의 아버지와 같은 부대에서 근무했던 사람이었다. 이야기하는 재주가 할아버지보다 훨씬 뛰어났고 게다가 무슨 일에든 사려가 깊었다. 일 처리가 신속하고 깔끔해 취취로서는 그와 함께 있는 것이 할아버지를 잃고 큰아버지를 얻게 된 것이나 다름없었다.

강을 건널 때 사람들은 가엾은 할아버지에 대해 물어보곤 했다. 황혼이 깃들면 취취는 할아버지가 생각나 마음이 아리고 서글펐다. 그러나 그러한 슬픔도 시간이 가니 점차 엷어졌다. 두 사람은 매일 황혼의 저녁 시간을 문앞 강가 언덕에 앉아 축축한 땅 속에 누워 있을 가엾은 할아버지의 옛일들을 이야기하며 보냈다. 많은 일들은 취취가 예전에 모르고 있었던 것들이었다. 이런 이야기들을 듣고 나면 취취는 마음이 푸근해졌다. 또 취취의 아버지, 그 사랑과 명예를 모두 소중하게 여겼던 한 군인이 녹영병의 군복을 척하니 차려입고 나서서 어떻게 아가씨들의 마음을 설레게 했는지에 대해서도 전해들었다. 또 취취의 엄마는 노래를 얼마나 잘 불렀으며 그녀가 부른 노래들이 그때 얼마나 유행했었는지도 알게 되었다.

시대가 변했다. 당연히 모든 것이 달라졌다. 황제도 더이상 이 나라 주인이 아닌데 보통 사람이야 더 말해 무엇하랴! 마병 양씨는 옛일을 떠올렸다. 그가 젊어서 마부로 일할 때 말을 끌고 이곳 벽계저에 와서 취취 엄마한테 노래를 불러줬으나 그녀는 본 척도 안 했다. 그런데 지금은 그가 그녀의 어린 자식을 보살피는 유일한 보호자로 산 같은 큰 존재가 되었으니 생각하면 쓴웃음만 절로 날 뿐이었다.

두 사람이 매일 해질녘이면 할아버지와 그 집안 일들에 관해 이야기하다 보니 나중에는 사공 노인이 죽기 바로 직전의 일들까지 이야기하게 되었다. 취취는 이로 인해 할아버지가 생전에 말해주지 않았던 많은 사실들을 알게 되었다. 둘째 도령이 노래한 일, 순순 선주 큰아들이 죽은 일, 순순 부자가 할아버지를 냉대한 일, 산촌 사람이 방앗간을 혼수로 둘째 도령을 유혹한 일, 둘째 도령이 형의 죽음을 잊지 못하고 있는 데다 취취는 자기를 아는 척도 안 해주고, 나룻배를 갖고 싶지만 집에서는 방앗간을 가지라고 해서 홧김에 하류로 배 타고 가버린 일, 할아버지의 죽음이 취취와 어떻게 관련되는지 등등……. 취취는 모르고 있던 일들을 다 알게 되었다. 이 모든 것을 죄다 알게 된 후 취취는 꼬박 하룻밤을 울고 또 울었다.

사공 노인이 죽은 지 스무여드레가 지난 후 순순 선주가 상의 할 일이 있다며 사람을 보내 양씨를 성 안으로 불렀다. 취취를 집에 데려다 둘째 며느리로 삼겠다는 것이었다. 다만 둘째 아들이 아직 진주에 있어 결혼 얘기는 나중에 하고, 먼저 취취를 강가 거리 자기 집에 머물게 했다가 둘째 아들이 돌아오면 그의 생각을 다시 알아보자고 하였다. 양씨는 이 일은 취취에게 물어봐야 한다고 생각했다. 돌아와서 그는 취취에게 순순 선주의 뜻을 전하고 나서 좋은 방법까지 일러주었다. 즉, 명분이 아직 정해지지도 않았는데 낯선 사람 집에 가서 지내는 건 좋지 않은 일이니 그냥 벽계저에서 기다리다 둘째 도령이 배를 몰고 돌아온 후에 다시 그의 마음을 알아보고 결정하는 게 좋겠다는 것이었다.

이렇게 결론이 난 뒤 양씨는 둘째 도령이 곧 돌아올 것이라 여겨 말을 부대의 다른 사람에게 맡기고 벽계저에서 취취와 함께 지냈다. 그들의 하루하루는 그렇게 지나갔다.

벽계저의 흰 탑은 다동의 풍수風水와 상관이 있다. 그래서 무너진 탑을 새로 세우지 않으면 안 되었다. 성 안의 부대, 세무국과 상인 및 일반 사람들이 돈을 냈고 여러 산촌에는 장부를 들고 가 모금을 했다. 탑을 다시 세우는 것은 어느 한 사람만을 좋게 하기 위한 일이 아니었다. 모든 사람이 덕을 쌓고 복을 누리자는 뜻에서 누구에게나 기부할 수 있는 기회를 주려고 양쪽에 마디가 있는 큰 대나무 통 한 가운데를 톱으로 구멍내어 나룻배에 갖다

걸었다. 강을 건너는 사람들이 맘껏 돈을 넣을 수 있도록. 대나무 통이 가득 차면 양씨는 그것을 성 안의 책임자에게 갖다주고 다시 빈 대나무 통을 갖고 돌아왔다. 나룻배에 탄 사람들은 사공 노인이 보이지 않고 취취의 땋은 머리에 흰색 끈이 매어져 있는 것을 보고 노인네가 자기 할 일을 다하고 편안히 땅 속에 묻혔다는 걸 알게 되었다. 그들은 동정 어린 눈빛으로 취취를 바라보며 돈을 꺼내 대나무 통에 넣었다.

'하늘이 너를 지켜줄 거야, 죽은 이는 극락세계로 가고 살아남은 이는 오래오래 평안하길 바란다.'

기부하는 사람들의 이러한 뜻을 알고 있는 취취는 그럴 때면 마음이 아려와 얼른 몸을 돌려 나룻배를 끌었다.

겨울이 되어 무너졌던 흰 탑이 다시 세워졌다. 그러나 달빛 아래에서 노래를 불러 취취의 영혼을 꿈속에서 훨훨 날게 했던 그 젊은이는 아직 다동으로 돌아오지 않았다.

어쩌면 그 사람은 영원히 돌아오지 않을 수도 있다. 또 어쩌면 바로 '내일' 돌아올지도 모른다.

                    1933년 겨울부터 1934년 봄까지 사이에 쓰다.

| 역자 해설 |

오래된 미래를 위한 사랑의 송가頌歌
– 민족지 문학의 맥락에서

1. 심종문沈從文의 생애와 문학

심종문(1902~1988)은 청나라의 멸망이 임박했던 1902년, 호남성湖南省 봉황현鳳凰縣에서 출생하였다. 본명은 심악환沈岳煥이었다. 필명인 종문은 "문학을 추구한다"라든가 "글이 자연스럽다文從字順"라는 의미이지만 '충문蟲聞'과 중국어 발음이 같아 가난한 문학청년 시절에 살았던 "벌레 냄새 나는" 골방의 뜻을 취했다는 설도 있다.

잘 알려져 있듯이 심종문은 순수한 한족漢族이 아니다. 그의 조부 심홍부沈洪富는 귀주제독貴州提督을 지냈으나 요절하여 자식을 두지 못하였다. 동생인 심홍방沈洪芳이 묘족苗族의 여인과 관계하여 두 아들을 낳고 그 중의 한 명이 형 심홍부의 양자로 들어가게 되었는데 그가 심종문의 아버지였다. 심종문은 한족과 묘족의 혼혈아로 태어났고 이러한 태생적 특징은 그의 문학의 성격을 형성하는 중요한 요소가 된다. 심종문은 상서湘西의 수려한 자연 환경 속에서 행복한 유년기를 보냈다. 고향에서의 이러한 체험 역시 그에게 잊혀질 수 없는 아름다운 추억이 되었을 뿐만 아니라 두고두고 그의 문학세계에 깊은 영향을 미쳤다. 그러나 소학교를 졸업한 후 집안의 경제사정이 악화되어 심종문은 군에 입대를 하고 5년간 호남, 사천, 귀주 각지를 전전하면서 군대생활을 하였다. 이 기간 동안 그는 변경의 풍속과 생활에 대해 많은 지식을 얻게 되고 군인, 농민, 선원, 상인 등 다양한 계층의 사람들과 접촉하면서 삶에 대한 인식의 폭을 넓히게 된다. 《변성》에서 보이는 군인과 하층민중에 대한 따뜻한 애정은 그의 이러한 체험으로부터 유래한 것이다.

  1922년, 심종문은 군대생활을 청산하고 상경하여 북경北京에서의 생활을 시작한다. 당시 북경은 5·4운동의 영향으로 변혁의 기운이 무르익고 있었다. 학력 미달로 북경대 입학이 좌절된 그는 청강과 독학을 하면서 작가로서의 꿈을 키워나갔다. 심종문은 1924년 〈신보부간晨報副刊〉에 최초의 글을 발표한 이후 1928년까지 농촌과 도시의 생활을 소재로 다량의 소설과 산문 작품을 써냈다. 이어서 1929년에는 호야빈胡也頻, 정령丁玲 부부와 더불어

잡지 〈적과 흑紅與黑〉을 발간하는 등 적극적인 문예활동을 하였다. 1931년 청도대학靑島大學 재직 이후 그의 향토주의적 인생관 및 문학관이 확립되고 창작 역시 완숙한 경지에 도달하게 된다. 중편 《변성邊城》은 이 시기에 나온 그의 걸작이다. 그러나 농촌사회를 이상적으로 그려낸 그의 작품들은 좌익 계열의 작가들로부터 치열한 현실 문제를 도외시했다는 비판을 받았다. 1948년 북경대 재직시 "입장이 없는 기녀 작가"라든가 "의식이 뒤떨어졌다"는 내용의 벽보가 붙는 등 수난을 당했던 그는 마침내 1949년 중국 정권 수립 이후 모든 창작 활동을 중단하고 만다. 이후 심종문은 문화대혁명이 종료될 때까지 자본주의 반동작가로 낙인 찍혀 문단에서 축출되었을 뿐만 아니라 여러 차례 사상개조를 당하는 등의 고초를 겪었다. 시련의 기간 동안 그는 고대문화 연구에 전념하여 《중국고대복식연구中國古代服飾研究》를 저술하는 등 문예창작과는 완전히 다른 길을 걸었다.

문화대혁명이 종료된 후 1979년, 심종문은 작가로서의 지위를 회복하고 1980년대 이후 그의 문학에 대한 재평가의 열기가 고조되는 것을 지켜보면서 1988년 5월 10일 북경에서 조용히 임종을 맞았다.

2. 《변성》의 작품세계

심종문의 언급에 의하면 《변성》은 1933년 10월에 쓰기 시작하여 1934년 2월에 완성하였다고 한다. 완성된 원고는 천진天津의 〈국문주보國聞周報〉에 연재되었고 같은 해에 생활서점生活書에서 처음 출간되었다. 심종문이 《변성》을 창작하게 된 동기에는 두 가지 설이 있다. 첫째는 그가 청도대학 재직시 부인 장조화張兆和와 함께 노산嶗山에 놀러갔을 때 상복을 입은 어린 소녀를 보고 주인공 취취翠翠에 대한 영감을 얻었다는 설이고, 둘째는 청년시절에 겪은 실연의 상처를 극복하기 위하여 애틋한 사랑 이야기를 썼다는 설이다. 그러나 그 어떤 동기에서였건 《변성》은 궁극적으로 "우아하고 건강하며 자연스럽고 또한 인성에 어긋나지 않는 인생형식"●을 제시하는 데에 성공한 수작이었다.

먼저 작품의 내용을 살펴보자.

중국의 변방 지역인 다동성茶峒城 인근 나루터에 사공 노인과 취취라는 손녀가 살아가고 있었다. 이들은 백하白河 유역의 아름다운 자연 속에서 순박한 삶을 만끽하고 있었다. 다동성에는 선주 순순順順과 그의 아들인 천보天保와 나송儺送이라는 성실한 두 젊은이가 살았는데 단오 축제를 계기로 선주 집안은 사공 조손祖

● 沈從文,〈中文小說習作選〉《沈從文文集(11)》(香港: 花城出版社, 1982~1985), p.45.

係을 알게 되고 이후 두 형제는 동시에 취취를 사랑하게 된다. 사공 노인의 제안대로 두 형제는 노래부르기 시합을 통해 취취에게 구혼을 한다. 시합에서 진 큰아들 천보는 낙담하여 배를 탔다가 사고로 죽게 된다. 천보의 죽음에 아버지 순순은 사공 노인을 오해하여 냉대하게 되고 작은아들 나송은 부잣집 딸과 결혼하라는 아버지와 다투고는 집을 나간다. 이에 절망한 사공 노인은 마음의 병을 앓다가 폭우가 쏟아지던 날 밤 숨을 거둔다. 사공 노인의 죽음 이후 모든 오해가 풀려 순순 선주는 취취를 며느리로 받아들이기로 하고 홀로 된 취취는 나루터에서 사공 일을 하며 나송이 돌아오기를 기다린다.

《변성》은 근대의 격랑 속에서 제국주의의 침탈에 저항했던 암울한 시절, 수려한 자연 풍광風光과 그 속에서 살아가는 평범한 사람들의 순박한 삶을 통하여 중국 민족이 이상으로 희구하는 온유한 인성의 경지를 보여줌으로써 상실된 중국 민족의 긍지를 회복하고 미래에의 자신감을 고취시키는 내용의 소설이었다. 그러나 바로 이러한 내용 때문에 《변성》은 당시는 물론 현대에 이르기까지 "현실 변혁의 의지가 결여되"●었거나 "특정한 계급 내용이 없"●는 작품으로 사회주의 중국에서 끊임없이 비판의 대상이

● 黃修己, 《中國現代文學簡史》(北京: 中國靑年出版社, 1984), p.331.
● 孫昌熙, 劉西普, 〈論邊城的思想傾向〉《中國現代文學硏究》(1985), 第4期.

되어왔다. 가령 똑같이 농촌을 소재로 다루었지만 무참히 훼멸된 농민의 인성을 묘사한 노신魯迅의 〈고향故鄕〉이 향토문학의 전범으로 추앙되어온 것과는 완연히 대조적이다.

그렇다면 《변성》의 훌륭한 내용성과 뛰어난 예술적 성취는 어디에서 기인하는가? 《변성》에서 무엇보다 우리의 눈길을 끄는 것은 소설의 무대인 상서湘西 지역의 자연 경관과 풍습, 민속행사 등에 대한 다양한 묘사이다. 이것은 물론 작가 심종문의 생생한 고향 체험을 바탕으로 이루어진 일종의 현장 기록이지만 이러한 민족지 문학의 형식은 일찍이 전국시대戰國時代의 신화지리서인 《산해경山海經》에서 비롯하였다. 중국 특유의 민족지 문학형식은 《산해경》에서 위진남북조魏晋南北朝 시대의 지리박물체地理博物體 지괴志怪 소설을 거쳐 현대에 이르러 《변성》으로 화려하게 거듭나고 고행건高行健의 《영산靈山》과 한소공韓少功의 《마교사전馬橋詞典》 등에서 재현된다. 여기에서 다시 주목해야 할 것은 묘족 혈통인 심종문에 의해 구현되고 있는 에버하르트W. Eberhard의 이른바 '지방문화Local Culture'의 가치이다. 중국문화의 정체성은 지방문화에서 찾아야 한다는 깨달음은 심종문에 의해 선취되었고 심근문학尋根文學 작가들은 물론 고행건, 한소공 등에게로 계승되고 있는 것이다.

다음으로 《변성》에서 추구되고 있는 소박한 삶과 온유한 인성의 경지, 그것의 유래에 대해 살펴보자. 한마디로 다동 지역은 노자老子의 이른바 "작은 나라와 적은 백성小國寡民"의 평화로운 촌락공동체를 방불케 하며 이에 따라 《변성》은 유토피아니즘의 문학적 체현으로 볼 여지도 있다. 심종문 자신은 《변성》에서의 의도가 "독자를 인도하여 무릉도원武陵桃源 여행을 시키는 데에 있지 않다"•고 경계한 바 있지만 사실 사공 노인이 배삯을 안 받으려고 손님과 승강이를 하는 대목은 《산해경》에서의 이상국가인 군자국君子國 사람들이 "양보를 좋아한다好讓"는 기록에서 근원을 찾을 수 있으며 보다 직접적으로는 청대 소설 《경화연鏡花緣》의 군자국 여행기에서 상인과 손님이 물건 값을 흥정할 때 서로 양보하는 장면에서 제재를 취한 것이다. 사공 노인의 양보 좋아하는 성품을 일례로 들었지만 취취의 순진무구함, 순순 선주의 이타심, 나송의 성실성 등 다동 주민 대부분이 공유하고 있는 천성들은 작가가 《변성》에서 제시하고자 했던 "우아하고 건강하며 자연스럽고 또한 인성에 어긋나지 않는 인생형식"의 소산이다. 그런데 이러한 인생형식은 중국 민족의 무의식에 각인되어온 고대의 신화, 도가적 이상세계에 멀리 모델을 두고 있는 것이다.

끝으로 《변성》의 문체미학에 대해 알아보자. 《변성》을 읽는 사람은 누구나 그 미려하고 유연한 문체의 힘에 의해 다정하고 포

• 沈從文, 앞의 책.

근한 느낌에 사로잡힌다. 《변성》의 글에서 느껴지는 분위기는 심지어 신화적, 몽환적이기까지 하다. 구성 면에서 《변성》은 전체가 21장章으로 된 중편소설이지만 "매 장이 한 편의 시이며 연결시키면 한 편의 장시長詩가 된다. 또 마치 스물한 폭의 그림으로 연결된 그림책 같다."•고 할 정도로 시정詩情과 화의畵意가 넘치는 소설이다. 넘치는 화의는 자연 경물에 대한 묘사와 상관되는데 이러한 묘사 기법은 중국의 전통 시학에서 이른바 '정경교융情景交融'이라는 최고의 경지를 구현할 때 자주 활용되었다. 인간의 마음속에 경물이 깃들고, 다시 경물 속에 인간의 마음이 깃들도록 표현할 때 도달하는 정경교융의 경지는 인간과 자연의 합일을 문학적으로 추구한 것이다. 이러한 정경교융의 문체에서 자연의 물성은 감정을 조절하여 온유한 미감을 자아낸다. 우리는 《변성》 문체미학의 특징을 이러한 측면에서 생각해볼 수 있다.

이제 《변성》의 모든 의의를 종합해볼 때 사실주의 작풍과 통속사회학이 만연했던 시절 《변성》의 출현은 경이롭다 할 만하며 후대를 위해서는 지극한 축복이라 하지 않을 수 없다. 《변성》은 비록 중국이 침체되었던 당시에는 홀대받았을지 모르나 민족적 자존심을 회복하고 전통적 미덕을 추구해가는 이 즈음 갈수록 빛을

• 司馬長風, 《中國新文學史(中)》(香港: 昭明出版社, 1983), p.38.

발하는 고전으로 자리매김되고 있다. 최근 홍콩의 시사주간지 〈아주주간亞洲週刊〉이 작품성과 영향력의 기준으로 선정한 중국 소설 100편에서 《변성》이 노신의 《납함吶喊》에 이어 나란히 1, 2위를 차지한 것은 최근의 이러한 경향을 잘 보여주는 예라 하겠다. 한국 독서계의 중국 현대문학에 대한 이해 역시 《변성》 읽기를 계기로 종래의 편향된 경향에서 벗어나 보다 넓은 시야를 확보하기를 기대하며 해설을 마친다.

변성

첫판 1쇄 펴낸날 2009년 4월 10일
첫판 2쇄 펴낸날 2021년 4월 10일

지은이 | 심종문
옮긴이 | 정재서
펴낸이 | 지평님
본문 조판 | 성인기획 (010)2569-9616
종이 공급 | 화인페이퍼 (02)3275-0526
인쇄 | 중앙P&L (031)904-3600
제본 | 다인바인텍 (031)955-3735

펴낸곳 | 황소자리 출판사
출판등록 | 2003년 7월 4일 제2003-123호
주소 | 서울시 종로구 송월길 155 경희궁자이 오피스텔 4425호 (03165)
대표전화 | (02)720-7542   팩시밀리 | (02)723-5467
E-mail | candide1968@hanmail.net

ⓒ 황소자리, 2009

ISBN 978-89-91508-54-5 03820

* 잘못된 책은 구입처에서 바꾸어드립니다.